Polly Adler

# POLLYWOOD

Polly Adler

# POLLYWOOD

und andere Geschichten
aus
dem Chaos der Liebe

Mit einem Vorwort von
Werner Schneyder

Amalthea

Der Verlag und die Autorin danken
Claudia Molitoris, Manfred Klimek und Philipp Horak
für die Fotos und die Gestaltung des Umschlags.

Besuchen Sie uns im Internet unter:
http://www.amalthea-verlag.de

2. korrigierte Auflage


Umschlaggestaltung: Claudia Molitoris
Umschlagfotos: Manfred Klimek und Philipp Horak
Herstellung und Satz: VerlagsService Dr. Helmut Neuberger
& Karl Schaumann GmbH, Heimstetten
Gesetzt aus der 11/13,5 Punkt DiotimaBQ
Druck und Binden: Ueberreuter Buchproduktion, Korneuburg
Printed in Austria
ISBN 3-85002-537-3

Für Stella,
die immer an den richtigen Stellen lacht

# Inhalt

## 2. Das Nougatauge

## 3. Pollywood oder Fahrten ins Blaue

## 4. Sackhüpfen im Tretminenfeld der Liebe

# Hormonelle Ausweglosigkeit

Ein Vorwort von Werner Schneyder

Vor Jahren, als die »Zeitgeist«-Magazine über uns hereinbrachen, las ich darin den fiktiven Brief einer jungen Frau an ihre Freundin, in dem sie dieser abriet, die Beziehung zum Derzeitigen jetzt schon abzubrechen. Ob sie sich denn das wieder antun wolle, fragte sie die Freundin, dass ab morgen wieder dieser oder jener von ihr herunterrolle und dann wissen möchte, ob es ihr »ein bisschen Spaß« gemacht hätte. Mich frappierte die heitere Unverschämtheit der Autorin schon damals, die Leichtigkeit, die Ironie im Umgang mit der hormonellen Ausweglosigkeit.

Mittlerweile kenne ich nicht nur die Autorin persönlich, sondern auch ihr Geschöpf »Polly Adler«, ausersehen, alle Malaisen rund um die Liebe zu erleben, zu kennen, in ihrer gnadenlosen Komik darzustellen.

Liebe, oder das, was man gefährlich vereinfachend so nennt, wird ja pausenlos und vielfältig beschrieben. Das beginnt mit der Wissenschaft, das geht weiter über die Beziehungstragödien und -schnulzen in Wort und Bild, über nobelpreiswürdigen Geschlechterhass bis zu den widerwärtigen Stereotypen des Boulevardtheaters.

Verspottet wird Liebe selten, schon gar nicht mit Liebe, mit Mut zur Ausführung der erotischen Clownerie. Als deren Modelle wir uns wohl alle eignen.

Wir sind bei Polly Adler. Sie steht nicht für die – durchaus diskussionswürdige – These, dass Frau und Mann nicht zusammenpassen. Polly Adler erleidet –

mit welchem Genuss auch immer –, dass Frau und Mann zu gut zusammenpassen, zueinander gezwungen sind. Mit allen dargestellten Nuancen.

Ich beneide die Schöpferin der Polly Adler nicht. Denn sie muss viel erlebt haben, eben auch Schmerzliches, um diesen scharfen Blick für Illusionen, irrige Träume, programmierte Reinfälle zu schulen. Man könnte sich als Leser schrecken, wie der Medizinstudent beim ersten Leichenzerschnipseln. Wenn's nicht so lustig wäre.

Aber das muss ich doch anmerken: Ich lese aus den Polly-Adler-Episoden auch Traurigkeit heraus, Sehnsucht nach der Möglichkeit von Partnerschaft, in der alles anders ist. Aber wie sollte die aussehen? Wie zustande kommen? Welches Bild kann man sich von Polly Adler machen?

Das ist eine subjektive Entscheidung. Für mich ist sie attraktiv – nicht im Sinn von Hochglanz – überarbeitet, karrieregeil, modebewusst, genusssüchtig und wahnwitzig weiblich. Über ihr Vorleben möchte ich nichts vermuten. Nach dem, was die Autorin von ihr preisgibt, wäre das auch müßig bis albern. Garderobe und Make-up der Polly Adler sind ganz im Stil ihrer Erfinderin. Das ist unverfänglich. So kann ihr nichts passieren, wenn sie zugibt, verknallt zu sein.

Wien ist reich an Menschen, die »Schmäh führen« können, denen Pointen und Wortwitz im Café, beim Heurigen, auf der Straße nur so rausrutschen. Zu diesen Personen gehört die Autorin. Aber sie gehört eben auch zu den ganz wenigen, deren Schmäh den Transport ins Manuskript überlebt. Ohne Produktionsverkrampfung. Ohne Reibungsverlust.

Für einen Mann wie mich, der zur Pose neigt, ist das Polly-Adler-Panoptikum eine böse Lektüre. Denn was könnte man sich, wenn da alles so zu durchschauen ist, noch trauen? Jede Wortwahl in Extremsituationen, jede Färbung des Stimmtimbres, jede noch so elegante Lüge ist der Autorin bekannt.

Wäre es in meiner Biografie vorgesehen gewesen, die Dame einmal ernsthaft und so heiß wie möglich anzuflirten, wie oft wäre ich in Polly Adler-Geschichten vorgekommen? Beim bloßen Gedanken an diese Gefahr bricht mir im Nachhinein der Schweiß aus.

Ich beschließe hiermit, mich zu erkundigen, wie es Frauen bei der Lektüre ergeht. Dass sie über die Entblößungen der Männer lachen, versteht sich. Ob sie über die Frauen so ohne weiteres lachen können, mag ich nicht ganz glauben. Zu oft müssten sie sich ertappt fühlen. Sie haben wohl nur die Chance der Schadenfreude, dank der Annahme, es handle sich ja immer nur um die anderen. Was Männer betrifft, fühle ich mich befugt, einen Rat zu geben: Freunde, haltet euch von Polly Adler fern! Es ist imagemäßig existenzgefährdend, ihr zu nahe zu kommen. Ich empfehle nur, sie zu lesen.

Da kann einem nichts passieren.

Außer, dass man lachen muss.

Oft und sehr.

# Schluss mit lustig

## Eine Betriebsanleitung

Da saß sie, mitten am Tag in der U-Bahn, dieses bezaubernde Frauenzimmer und hielt mein kleines Bändchen in der Hand. Sie sah gut aus, schlank, dynamisch, astreines Jeansjäckchen, sicherlich bestens situiert in einem schick-zackigen Gewerbe, aber trotz allem ein warmherziger Mensch geblieben. Pilgramgasse, Kettenbrückengasse – kein Lacher, nicht einmal ein Anflug. Noch schlimmer: gelangweiltes Blättern. Knapp vor der Einfahrt Karlsplatz bohrte mir diese von mir eingangs so überschätzte Weibsperson eine eherne Lanze in meine empfindlichste Seelenzone – Eitelkeit heißt die Kanaille –, indem sie enerviert den Kopf schüttelte. Dann seufzte sie. Und zwar nicht zu kurz. Da verabschiedete sich meine Contenance.

»Kein gutes Buch?«, sagte ich in diesem von mir so verhassten Pieps-Timbre, das sich meiner stets in Krisen bemächtigte. »Na ja, …« »Das soll aber sehr lustig sein …«, entblödete ich mich jetzt nicht. »Geh' bitte … immer desselbe.« »Um was geht's denn?«, Arnie Schwarzenegger hätte in diesem Fall den Ang Lee-Filmtitel »Eat drink man woman« launig zum Einsatz gebracht. Aber der große Staatskünstler weilte leider im sonnigen Kalifornien. »Oberflächliches Zickenzeugs«, merkte meine Neo-Feindin an, »ich sag Ihnen was diese … wie heißt die Tante?« »Adler, Polly Adler.« »So heißen doch nur Papageien …« »Ich kenn' keinen einzigen Papagei, der Adler heißt …« »Polly, es geht um Polly. Wurst. Also, wenn Sie mich fragen, braucht die nur eines …« »Ja?« »Ein Mannsbild und zwar ein g'standenes.« »Sind das die, die zwar bestellt, aber noch nicht nachg'liefert sind?« »Haha. Sie haben ja Humor!« »Immer wieder …« »So ein Mann würd' der die Wadeln ordentlich nach vorne und dann … na ja … dann wär' Ruhe im Bau.« »Und Schluss mit lustig?« Sie überflog mich prüfend mit ihrem Natternblick: »Sie werden's auch noch billiger geben.« »Niemals«, piepste ich, »selbst wenn es mich teuer zu stehen kommt.« Letzter Dialog skizziert den Zugang zum Leben, das diesen Texten zuvor ging, kurz und grausam.

Und dann geht es in »Pollywood« noch darum, dass es in der Liebe wie beim Boxen ist. Man kann noch so viele frontale Haken verpasst kriegen, noch so oft den Boden unter den Füßen verlieren und die Sterne singen hören … aus irgendeinem Grund rappelt man sich dann doch immer wieder hoch und brüllt: »Hey, Leben, was hast du jetzt für mich in petto? Ich bin nämlich bereit für die nächste Runde!«

Dass Sie diesmal neben den Kolumnen auch Kurzgeschichten finden hat a) damit zu tun, dass das Leben zu kurz ist, um einen Roman zu schreiben, und b) neue Genres Vitaminstößen gleichkommen. Tun Sie mir noch einen Gefallen: Lachen Sie mir ein bisschen!

Ganz die Ihre
Polly Adler

# 1. Fresh Hell*

Ich schwor mir, mich nicht zu bessern. Und alle Fehler noch einmal zu machen, wenn ich könnte. Nur vielleicht noch ein bisschen früher.

*

Nichts lässt einen so alt aussehen wie das ohnehin zum Scheitern verurteilte Bemühen, jung zu bleiben.

*

Man fragt sich, wo sich meine Seele im früheren Leben so rumgetrieben hat. War ich a) Kleopatras G-String, b) Stalins Schnauzbart oder einfach nur c) eine rotzfreche Neandertalerin, die sich beim Beerensammeln häufig gehen ließ?

*

Es ist immer wieder Himmel-de-luxe, auf's Neue zu entdecken, was man sich gerade bemüht hat, zu versäumen. Oder so ähnlich.

*

Dann seufzte er und sagte: »Women, they still keep me confused, but on a much higher level.«

* Mit der Frage »What fresh hell is this?«, pflegte die New Yorker Schriftstellerin Dorothy Parker, in vorauseilender Panik, ihr Telefon zu beantworten.

# Dear Problem-Lady!

Ich habe auf meinem lachhaften Balkon einen Kräutergarten angelegt. Ich gehe regelmäßig schwimmen, um Rückenschmerzen vorzubeugen. Ich bin entsetzt, dass Peter Gabriel bei einem Fernsehauftritt wie ein glücklicher Vorsorge-Rentner wirkt. Mit so einer Kugelglatze. Andererseits war »Genesis« schon immer eine ziemlich uncoole Popgruppe. Vielleicht sehe ich auch schon so ähnlich aus. Minus der Vorsorge natürlich. Nur wagt keiner, es mir zu sagen.

Dear Problem-Lady! In jedem Fall mache ich jetzt an Wochenenden so Sachen wie Ausflüge auf's Land mit lieben Freunden und lasse den Tag bei einer Weinprobe ausklingen. Diese lieben Freunde erzählen mir häufig von ihren physischen Problemen. Gicht, Arterienverkalkungen, etc. Man tauscht Adressen von Ärzten aus. Früher hatte man keine lieben Freunde, sondern Waffengeschwister für Exzesse aller Art. Noch bin ich keine Hundehalterin und besitze keinen Kombi. Noch bringe ich bei Karaoke-Veranstaltungen nicht »I did it my way« zum Vortrag. Aber viel fehlt nicht. Ich studiere die Sonderangebote in den Postwurf-Sendungen. Ich habe olle Silberrahmen auf meinem Kaminsims drapiert.

Dearest Problem-Lady! Verspießere ich mir unter der Hand? Darf ich mich ob dieser superuncoolen Attituden überhaupt noch ein bisschen gerne haben? Ist es jetzt wirklich Zeit geworden, erwachsen zu werden? Was sagen Sie da? »Wahre Coolness hat vor allem mit Gelassenheit zu tun …« Dear Problem-Lady, danke für diesen Satz, der mich auf dem steinigen Pfad der

Erkenntnis ein ganzes Stück weiter gebracht hat. Schließlich wäre es ziemlich ungelassen, in meinem Alter in einem »Barbie-is-a-slut«-T-Shirt auf Kaschemmen-Tischen zu tanzen. Ich werde dieses T-Shirt sofort in den Humana-Container schleudern, großes Indianerinnenehrenwort, aber zwischendurch dem Leben noch immer ein ganz klein wenig die Zunge herausstrecken. »Es kommt immer auf die richtige Mischung an«, sagte schon der Barkeeper meines Vertrauens.

## Neigungsgruppe »La vie en rose«

Müssen Sie auch manchmal weinen, wenn Sie Krautfleckerln sehen? In jedem Fall machte mich das Tupperware voller Krautfleckerln, das am Morgen des Tages, an dem man mir schon wieder ein Jahr gestohlen hatte, auf meiner Computertastatur in der Redaktion stand, ziemlich rührselig. So war sie eben, die einzigartige A, ein empathisches Feuerwerk.

Den Rest des Tages verbrachte ich damit, meine Krautfleckerln wie ein Pentagon-Cerberus zu bewachen und mich im Ausdrucksrepertoire des freudigen Erstaunens zu üben. Nachdem mir nämlich drei Menschen herrischen Tones auf die Mailbox gekläfft hatten, dass ich mir gefälligst an diesem Abend nichts vorzunehmen hatte, ließ ich schon einmal beim Konditor meines Vertrauens eine Torte mit der Aufschrift »So eine Überraschung!« anfertigen.

Abends lockte mich BB in ihr Schuhlager mit Wohnmöglichkeit. Plötzlich hüpften zwanzig Menschen rotnasig aus der Kälte der Terrasse. Aus den Boxen schmetterte Jack Nicholson »La vie en rose«. Und dann brüllten sie alle: »Wir lassen dich fliegen, Polly, und zwar nach Paris!« Aus war's mit meiner Fassung! Denn ich dachte daran, dass solche kunterbunten Wahlfamilien ein wahrer Luxus sind. Und dass diese »Uns-bleibt-immer-noch-Paris«-Neigungsgruppe nicht nur für Frivolitäten wie Paris, sondern auch für nächtliche Autopannen, Burn-out-Melodramoletten, Liebeskummer ersten Grades und sonstwas taugt. Und dann tanzten wir Ringelreiha zu »Forever young«; sangen »Müssen nur wollen« von »Wir sind Helden« und D spreizte ihren kleinen Finger gekonnt vom Weinglas, um zigfach zu zirpen: »Ich sag's ja immer Kinder, Hände weg vom Alkohol!«, und D 2 schrie: »Ich bin nicht sexuell frustriert, sondern nur romantisch!«

Als ich Tage später wieder erwachte und mich daran erinnerte, dass irgendwo in dieser Stadt noch ein Kind einzusammeln war, schwor ich mir, mich nicht zu bessern. Und alle Fehler noch einmal zu machen, wenn ich könnte. Nur vielleicht noch ein bisschen früher.

# Ins Türl, Blindgänger!

Statt »Tor, Tor!«, oder »Ins Türl, du Blindgänger«, brüllten wir »Feeeeesch!«, oder »Aber halloooo!« Die Fußball-EM taugte eben auch für die Nicht-Testosteron-Fraktion zur psychohygienischen Ventilisierung von angestauten Emotionen. Das Gros der Wadenkönige sah in der Regel so aus, dass eine Nonne dafür über die Klostermauer kraxeln würde. So gesehen hatten die Ballschlachten für uns die Funktion von Softpornos.

Eigentlich waren diese Damenabende ja aus machiavellistischen Motiven ins Leben gerufen worden. Networking, Sie verstehen. Männer hatten sich nach diesem Prinzip der Zusammenrottung über Jahrhunderte das Land aufgeteilt. Unter uns: Wir Mädels waren in dieser Disziplin noch mehr als ausbaufähig. Mich zum Beispiel interessierte Macht nämlich in etwa wie die Zeitung von gestern. Meine Dienstnehmerseele funktionierte wie die eines russischen Tanzbären: bekam ich Zucker, wurde ich übermütig; wurde die Peitsche ausgefahren, duckte ich mich zu Höchstleistungen.

Doch all das interessierte uns an diesem Abend sowas von nicht, denn irgendwann warf die Gastgeberin die Frage »Vaginal oder klitoral – welcher Orgasmus ist der hübschere?«, flockig ins Feld. »Den vaginalen kannst du nicht steuern«, erklärte die Historikerin der Runde, »penggg, der passiert dir einfach.« »Nicht steuern?«, konterte die Unternehmens-Saniererin, »Nein danke, das ist sicher nichts für mich.« »Also welcher kann jetzt mehr?«, wollte die junge Filmproduzentin von mir wissen »Sag' schon!« »Worauf möchtest du nicht verzichten«, stellte ich eine Gegenfrage, »einen warmen Apfelstrudl vom Demel oder einen Sonnenuntergang in allen Pink-Schattierungen?« »Ich möchte beides.« »Siehst du. Da ist sie ja schon, meine Antwort.«

Alles in allem muss man sich vor Dankbarkeit krümmen, dass Männer kaum Ahnung haben, wie wir uns hinter ihrem Rücken benehmen. Denn sonst, da bin ich mir sicher, wäre die Menschheit schon ratzeputz ausgestorben. Mindestens.

## Das Testosteron-Striezelchen

Drei Bürozimmer neben mir residiert ein Testosteron-Striezelchen, das zur Linderung eines kürzlich erlittenen Trennungsschmerzes auf einen einzigen Painkiller vertraut: Frauen. Irgendwie hat das muntere Testosteron-Striezelchen zwar die Hoffnung aufgegeben, alle Frauen auf diesem Planeten flachlegen zu können, aber es möchte sich später zumindest den Vorwurf ersparen, es nicht wenigstens versucht zu haben.

Dieses, ganz dem Kraus-Aphorismus »Geschlechtsverkehr ja, aber bitte keine Intimitäten« gewidmete Dasein, will das nachtaktive Kerlchen auch Querbeet bemurmelt wissen. Der Einfachheit halber wirft er morgens jetzt nur mehr Häppchen à la »Sofia, 27, Erleuchtungsstufe 3« oder »Xanadu, 33, streng aber herzlich« in die Menge. Nicht dass man dem Mann all den Eiweißabbau nicht gönnen würde, aber unlängst schrammte er nur knapp an Fünfstern-Grausamkeiten vorbei, als er mir am Gang zuflüsterte: »Ich spiele jetzt auch schon in deiner Liga. Evi, 49, aber hallo.« Ich dachte, die beste Rache ist es, sich auf das gleiche Niveau zu begeben und flüsterte: »Wie wär's eigentlich, wenn du dich als Platzwart in Minimundus bewerben würdest? Meld' dich einfach wieder, wenn du 20 Zentimeter gewachsen bist, dann können wir ja weiter plaudern.«

An dieser Stelle möchte ich mich noch einmal bei all den prachtvollen 49-jährigen entschuldigen, die jetzt dabei sind, eine Fischvergiftung zu entwickeln, aber es geht hier nicht um 41, 38 oder eben 49, sondern um die Tatsache, dass Männer aus unersichtlichen Gründen der fixen Überzeugung sind, dass sie von jeglichen Reifungsprozessen verschont sind und ihre Würde nicht verlustig geht, wenn sie im Spätsommer ihres Lebens mit halben Autos, Tätowierungen, Feinripp-Tanktops und Frauen durchs Leben donnern, die Baudelaire für einen Badeort an der Côte d'Azur halten.

Denn nichts lässt einen so alt aussehen, wie das ohnehin zum Scheitern verurteilte Bemühen, jung zu bleiben.

# Gladiator, kussfest

Ich malte mir die Lippen mit der Nummer 74 von Chanel aus. Der Lippenstift trug interessanterweise den Beinamen »Gladiator«. Früher führten die Dinger noch Untertitel wie »Schimmernder Haselnussnebel« oder »Verführung in Flammen«. Möglicherweise wollten die von Chanel sich bei der Zielgruppe der Alpha-Weibchen einfach nicht mehr lumpen lassen.

»Duhu«, sagte meine Tochter mit ihrer besten »Gianna-Naninni-hat-in-einem-Fass-Bourbon-genächtigt«-Stimme, »du, wie geht denn das?« »Was?« »Na, schau': einerseits find ich's recht cool, dass wir eine Abenteuerfamilie sind …« »Heißt was?« »Na, dass du abends immer unpünktlich nach Hause kommst, viele Freunde hast, die hier abhängen …« »Red' bitte normal …« »Na ja, hier chillen und so. Dann möchte ich aber auch einmal ein bisschen so eine Spieß-Familie haben.« »Spießer …« »Mir doch egal … also ich möchte ein Haus mit Park, zwei Kinder und einen Mann, der mich fragt, wie mein Tag war. Geht das?« »Nur wenn du auch einen Abenteuermann ins kleine Glück boxen kannst.« »Wie erkennt man so einen?«

»Vor allem daran, dass er sich furchtlos auf das Abenteuer einlässt, dich nicht verändern zu wollen. Punkt zwei: Du machst was abenteuerlich Cooles und er ebenso, und dann kann man abends ruhig gemeinsam spießig sein.« »Bist du gerne manchmal spießig?« »Mit Hingabe. Letzten Samstag habe ich mir zum Beispiel Lavendel für den Wäscheschrank gekauft, ›The Hours‹ angesehen und zwei nette, unabenteuerliche Ehepaare zum Essen eingeladen.« »War's sehr schlimm?« »Überhaupt nicht. Abgesehen davon, dass die eine Gattin nach einigen Getränken ständig den Satz ›An der Seite meines Mannes habe ich endlich meine Aufgabe gefunden‹ abgelassen hat.« »Vielleicht meint sie's ja wirklich so.« »Dann sollte sie vor allem eines tun …« »Und zwar?« »Nicht drüber reden.«

Jetzt sah sie mich so an, dass eines sicher war: Der Lippenstift »Gladiator« musste sich um seine zukünftige Zielgruppe keine Sorgen machen.

## Die Geweihallergie der Ausdruckskünstlerin

Ich bin volle Kanne geehrt, dass diese allseits beliebte Kabarettistin Andrea H. mir ihr Schicksal so unvorsichtig auf dem Silbertablett serviert, indem sie mich zur Gestaltung eines Programms eingeladen hat. »Es soll lustig sein«, lautete ihre Auflage, »und man sollte es auch verstehen. Also nicht ganz so wie diese Kolumnen.« »Nema problema«, habe ich geträllert, »wir fahren gemeinsam auf's Land, nur wir zwei, und dann tun wir ein bisserle brainsturmen und alles wird jut.«

Also Altaussee. Der Sommer zickt ja heuer in ganz Österreich, aber in Altaussee benimmt er sich wie eine menopausale Stummfilmdiva in voller Migräneblüte. Nach dem vierten Tag unablässigen Himmelgeflennes wurde die allseits beliebte Kabarettistin, die ansonsten auch nach Dienstschluss die Säle zum Scheppern bringt, von ziemlichen Stimmungseinbrüchen heimgesucht. Eine plötzlich auftretende Geweihallergie tat ihr Übriges. Ich glaube, die allseits beliebte Kabarettistin war der glücklichste Mensch, als sie wieder gen Wien aufbrach.

Ich, jetzt ganz allein. Schließlich hatte ich mir jegliche Besuche verboten, Schaffensdruck, etc. Während also der Rest der Welt an diversen Côtes auf Jachten herumtollte, grüne Drinks schlürfte und mit Sicherheit jede Menge einzigartigen Sex hatte, stieg ich mit meiner von bleigrauer Melancholie belasteten Kreativität in den Ring. Sollte ich mir beim ersten Trachtenschneider am Platz eine Schlinge aus handerbrochenem Leinen mit rosa Innenfutter anfertigen lassen, um all dieser Aussichtslosigkeit ein jähes Ende zu bereiten? Das Projekt war insofern zum Scheitern verurteilt, als dass auf dem Dachboden ein Siebenschläfer herumtapste, den ich unter keinen Umständen persönlich kennen lernen wollte.

Zwischendurch ereilten mich die hoffnungsfrohen Anrufe der allseits beliebten Kabarettistin, die immer mit der Frage endeten: »Und, wird's auch lustig?« »Mindestens so lustig wie ein skandinavischer Problemfilm aus den Siebzigern«, antwortete ich ihr dann. Da lachte sie, denn Humor war ihr Geschäft.

# Ihr lieben Männer!

»Und weißt du, wie die Herren Kleinkünstler über dich reden?«, sagte mein Freund F und schwieg bedeutungsvoll. »Na, wie denn?« »Na ja, so nach dem Motto: Wenn die Frau H und die Frau A ein Kabarett miteinander basteln, kann dem ja nur der pure Männerhass entsteigen.« »Ich will sie alle töten und zwar langsam.« »Ja ja, meine Liebe, etwas mehr Contenance. Dein Ruf ist nun einmal, na ja ... aber lassen wir das.«

Ich rief Frau H an, die Ausdruckskünstlerin meines Vertrauens, und brüllte: »Weißt du, wie fies deine Gauklerkollegen sind?« Sie signalisierte das radikale Gegenteil von Erregung, um nicht zu sagen buddhistisches Desinteresse: »Geh bitte, der! Vergiss den! Dass ich Männerhasserin bin, hör' ich schon seit der Zwischenkriegszeit. Mich regt das überhaupt nicht mehr auf.« »Mich schon. Ich liebe Männer, also nicht alle, aber doch einige, zumindest hab' ich ... aber ist ja wurscht. Nur weil man ein bisschen lustig ist, also eine gewisse der Aufklärung verpflichtete Ironie u.s.w. ...« »Frauen sollen nicht so lustig sein«, unterbrach mich die Ausdruckskünstlerin, »das wird nicht so gern gesehen.«

Wie auch immer: Liebe Männer! Wenn ihr an diesem Ort oder sonstwo, wo ich meinen Griffel wetzen darf, von dem Gefühl beschlichen wurdet, dass man hier oder dort eure Manneswürde weit jenseits der Genfer Konventionen malträtiert hat, dann schickt mir ein bis zwei Plüschtiere ... nein pardon, ich hasse Plüschtiere ... lieber einen Strauß weiße Lilien. Und ich möchte nicht, dass mein Büro an die Aufbahrungshalle einer allzu früh abgedankten Bourbonen-Prinzessin gemahnt. Ich flüstere euch hier einmal eines: Manchmal, manchmal könnte ich vereinzelte Exemplare eurer Spezies in die Max-und-Moritz-Mühle katapultieren, aber ich möchte keinen einzigen Tag auf diesem Planeten ohne euch verbringen müssen.

Oh Gott, was ist nur los mit mir? Habe ich einen »Weltfrieden-warum-nicht«-Workshop besucht oder hat mir wer Ecstasy aus Bratislava in meinen Frühstückskaffee getan?

## Psychopathologie des Alltags

Befremdende Graugrüne kennzeichnete C's Gesicht. »Hast du Verwandte bei der VOEST? Sitzt Saturn im Chefsessel deines Sternzeichens? Was los?« Jetzt flüsterte C, unverständlicherweise, denn die Bar im »Bristol« war ohnehin von wohltuender Leere: »Es liegt alles noch so dort. Genauso.« »Keine Details, welches Stück?« pflegte der selige Aslan seinerzeit an der »Burg« seine Souffleuse zu fragen, und da ich jetzt auch an einer Zusammenhangsschwäche laborierte, tat ich es ihm einfach nach.

»Ich war in der Wohnung meiner Ex-Frau, Sachen abholen ...« »Na bravo!« Die Anmerkung entbehrte nicht unterschwelliger Süffisanz, denn C hatte vor mehr als fünf Jahren seiner Ehe zwecks zwischengeschlechtlicher Neuorientierung Adieu gesagt. Die Selbstfindung war übrigens blond und sehr langbeinig. »Auf meinem Ex-Nachtkastl liegen dieselben Zeitungen und das Buch, so aufgeschlagen, wie ich es im Winter 2000 hinterlassen habe.« »Himmel! Was für ein Buch überhaupt?« »Freud und Psychopathologie des Alltags.« »Na wenigstens, und passend obendrein – stell' dir vor, es wäre Donna Leon oder gar Grisham gewesen. Zu peinlich!« »In den Schränken und Schubladen – alles voll von meinem Zeugs. So, als ob ich jederzeit wieder um's Eck biegen könnte.« »Diese arme Frau! Wie kann man nur seine besten Jahre dermaßen schwachsinnig verschleudern!« Zur Graugrüne gesellte sich jetzt bei C etwas Pikiertheit: »Es muss ja nicht jeder so radikal sein wie du.«

C hatte mich schon begleitet, als ich am Tag Zwei edles Ludwig Reiter-Schuhwerk Abtrünniger für die Obdachlosen in der Meldemannstraße deponiert habe. Nicht, weil ich so ein grundgütiger Mensch bin, sondern für meine geliebte Psychohygiene einfach keine großen Gesten zu scheuen gewillt bin. »Wenn du diese Gin Tonics hier ohne viel Fackeln brennst«, sagte ich jetzt, »würde ich mich zu der Ansage hinreißen lassen, dass man so einen Prachtkerl wie dich natürlich nicht so mir-nix-dir-nix loslassen kann.« »Deal done!«, schmetterte er und alle hatten was davon.

# Vagina-Dialoge

»Die Hälfte der Welt«, brüllte die drahtige Wirkwaren-Zampana und hüpfte dabei wie ein aus dem Ruder geratenes Jojo-Bällchen auf und ab, »gehört uns. Und passt auf, ihr Männer da draußen, wir werden sie uns schon demnächst abholen.« Die anwesenden Damen erhoben ihre naturtrüben Obstsäfte und Prosecci und johlten ganz undamenhaft. Eine Werbe-Tycoonesse boxte mich in die Seiten: »Was is', Frau Polly, ein bisserl mehr körpersprachliche Solidarität.« Ich winkte ermattet, mein Enthusiasmuspotenzial hatte ich auf dem gestrigen Robbie-Williams-Konzert angesichts des vortragenden Testosteron-Tierchens gänzlich erschöpft.

Und außerdem: Diese Art der Veranstaltungen, die neuerdings wie ein Virus um sich griff, begann mir gehörig auf den Geist zu gehen. Allerortens wurden Salons, Network-Plattformen und Get-togethers einberufen, die auf der Zusammenrottung von Karrierefrauen basierten. Männer hatten bei diesen geschlechtlichen Ghettoisierungskonzepten naturgemäß keinerlei Zutritt. Im Glanz ihrer Abwesenheit wurde ihnen bei diesen Vagina-Dialogen ein Rollenrepertoire irgendwo zwischen Lianen schwingendem Neandertaler und Würmchen zugedacht.

Als die Wirkwaren-Zampana beim Après mir zuflüsterte, dass sie demnächst zwecks Bräutigam-Schau nach Jamaika stechen würde und dann kicherte: »Once you go black, you never go back«, machte ich einen englischen Abgang, d. h. ich verdrückte mich ohne unnötige Verzögerung durch Grußformeln.

Draußen rief ich meinen amerikanischen Freund A an. »Baby, Baby please«, winselte ich, »wälze dich in Schweiß, billigem Aftershave und Benzin und geh' mit mir in einer Primitivhütte ein blutiges Steak essen.« »Anything else?« »Auch Bierbäuerchen sind heute erlaubt. Just do it!« Dann seufzte er und sagte: »Women, they still keep me confused, but on a much higher level.« Ich nahm den Satz sowohl als Kompliment als auch als Kapitulation. Und sollte es nicht bereuen.

## Geringe Ausgeburten

Ein sattgoldener Frühherbsttag, der das Zeug zum Prototyp in der metrologischen Verkaufsbranche besaß. Ich schaukelte in einem Boot, das ich in aller Stille »Jennifer« getauft hatte. Es war sehr weiß und hätte durchaus ein paar Vulgaritäten wie Versace-Kissen und grüne Drinks mit Schirmchen vertragen. Wenn Glück als ein Signal gewertet werden kann, das die Evolution erfunden hat, um uns zu zeigen, dass wir auf dem richtigen Weg sind, wie mir das das Bildungsbürger-Periodikum »Du« neulich verklickerte, war ich gerade glücklich. Ein paar Herzschläge lang zumindest. Denn am Altausseer Gestade saßen die undurchschaubarste aller Töchter und ihre akute beste Freundin.

»Oh Gott!«, durchschnitt die Tochter-Stimme die Fünfstern-Stille, »er hat mich verlassen!« »Diese geringe Ausgeburt«, kam es Katastrophen-affirmativ von der Kollegin, »dort wo bei uns ein Herz pocht, hat der

Mann graue Steine.« Mein Fleisch und Blut warf seine Mähne jetzt mit aller zur Verfügung stehenden Theatralik nach hinten: »Wann werden diese Dreckskerle endlich begreifen, dass wir Frauen Gefühle haben und kein Sondermüll sind?«

Alarmbereitschaft meinerseits. Hatte das Kind »Reich und schön« in der Endlosschleife konsumiert? Oder war ich, die Person, die Vorbildcharakter in ihrer Job-Description stehen hatte, verantwortlich für die psychosoziale Schieflage ihres Männerbilds?

»Mäuse«, sagte ich, »Männer sind doch was ganz Wunderbares.« »Und wieso?« »Nun ja, sie wollen nicht erwachsen werden, schauen einen manchmal so an, dass man purzelweich in den Knien wird, und sind immer für eine Überraschung gut.« Meine Image-Propaganda war für die Würste. »Bingo«, krähte meine Tochter, »genau das sind die Gründe, warum wir so dringend ein kleines Hündchen brauchen.«

Ich beschloss die Strategienfindung des Propagandaministeriums zwecks Zurechtrückung des Männerbilds in der neuen Generation an einen graueren Tag zu verlegen.

## Job-Description Klagemauer

Männer besitzen oft einen unfreiwilligen Unterhaltungswert, der einen fassungslos macht. Dazu ein etwas älteres Anekdötchen aus meiner Liebesbio. Vor mehr als zehn Jahren hatte mein zukünftiger Ehemaliger mir den Wanderstab in die Hand gedrückt, weil er sich in eine Erbin von inneren Werten in Millionenhöhe »verschaut« hatte.

Als ich tief nachts in meiner Waidwundheit badete, schrillte das Telefon. Eine höchst aufgeregte Frauenstimme: »Frau Adler?!« »Bingo!« »Gut, dass Sie noch auf sind. Es ist nämlich so: Eigentlich hatte Ihr schöner Freund bis jetzt mit mir ein Verhältnis, das an der Kippe zu einer richtigen Beziehung stand …« »Kann ich Ihnen sonst noch irgendwie helfen?« »Und jetzt ist dieser Drecksack mit dieser Autozubehör-Schlampe zugange, dabei hatten wir schon Pläne …« Der letzte Satz ging in einer Lawine von Trauerlauten unter. Sie sammelte sich wieder: »Das ist doch unerhört. Ich frage Sie: Lohnt es sich, um ihn zu kämpfen?« »Sieht nicht so gut aus«, flüsterte ich, »der Mann ist, was seine Finanz-Psyche betrifft, eher vorsorgeorientiert. Und am liebsten ist ihm, wenn er diese Vorsorge delegieren kann.« »Dabei wollten wir zu Weihnachten nach Indien fahren.«

Kolossal! Dass ein verschmähtes Amourettl die Haupt-Verlassene als Klagemauer missbrauchte, hatte Woody Allen-Niveau. Was erwartete sich die beste? Dass ich ihr meinen zukünftigen Ex wieder schön reden sollte? Oder wir gemeinsam das Lamento-Duett über seine charakterlichen Defizite anstimmen sollten? Da mich bleierne Müdigkeit zu übermannen drohte, versuchte ich den Irrsinn so abzukürzen: »Bitte nicht mehr traurig sein! Es wird ja wieder einen Mann in meinem Leben geben, den Sie sich krallen können.« Dabei kannte ich damals die eherne Lebensregel des ehemaligen US-Verteidigungsministers Donald Rumsfeld noch gar nicht, die da lautet: »Gebrauche stets Humor in harten Zeiten.«

# Sechsspännig ins Armenhaus

»Ich werde das Designergürtelchen enger schnallen müssen«, flüsterte ich am Telefon, »die Party ist vorbei.« »Ich bin ganz bei dir«, antwortete mein bisheriger Waffenbruder in Sachen konsumistischer Leichtsinn, »aber warum sprichst du so leise?« »Aus purer Existenzangst … Ich hatte gerade ein Gespräch mit meinem Bankbetreuer. Er wechselt die Filiale. Jetzt bin ich den dort verbliebenen Krämerseelen hilflos ausgeliefert.«

»O. k., o. k.«, murmelte er, »Schmalhansi ist ja eigentlich mein zweiter Vorname. Wo werden wir, also eigentlich du, sparen?« »Das Wochenendhäuschen in Altaussee allenfalls kappen?« »Neihein! Das kannst du dir und vor allem uns, deinen erholungsbedürftigen Freunden doch nicht antun!« »Überredet! Bei den Schuhen vielleicht. Vorne spitz geht nämlich auch diese Saison noch durch …« »Ja, aber die Farben! Hellblau ist doch jetzt das Pink von 2005 …« Schwule Freunde sind wirklich unbezahlbar, was ihr tiefes Verständnis für Modetorheiten aller Art betrifft. »Vielleicht solltest du bei deinen Esseneinladungen den Rotstift ansetzen?«, grübelte er kooperativ weiter. »Und statt Filets vom wilden Pazifik-Thunfisch einen Spinatstrudel mit einem Doppler Orvieto reichen?« »Entschuldige, das geht zu weit, schließlich hat man einen Ruf zu verlieren.« »Die Urlaube ratzfatz streichen. Schließlich hast du sowieso Altaussee …« »Bei aller Liebe zur Volksmusik. Irgendwie muss man doch auch einmal den Blick über den Tellerrand heben, um zu sehen, was in fernen Ländern abgeht. Horizonterweiterung ist ein Budgetposten, den ich nicht so mir-nix-dir-nix aufzugeben bereit bin …«

»Ich sehe«, begann er sich langsam zu langweilen, »heute ist kein guter Tag, um den Gürtel fester zu zurren. Wie wirst du's aber anlegen?« »Das Verb anlegen ist in meinem Wortschatz nicht vorhanden«, antwortete ich, »sechsspännig ins Armenhaus lautet die Parole. Sonst seh' ich keine Alternativen.« Jetzt vernahm ich ein Geräusch der Erleichterung.

## Wege zum Glück

Sind die PR-Agenten von Tom Cruise in einen Obelix-Topf Valium geplumpst oder warum findet sich sonst keiner, der ihn knebelt und damit dieses enervierende »Ich-liebe-Katie-abgöttisch-und-nehm-sie-deswegen-Huckepack«-Gedöns unter Kontrolle kriegt? »Sei nicht immer so negativ«, faucht K, »es ist doch etwas sehr Schönes, wenn ein Mann zu seinen Gefühlen steht.« »Erstens sind diese Gefühle so echt wie Melanie Griffiths Möpse«, räumte ich K jetzt ihre Bienchen-Blümchen-Romantik runter, »und zweitens sind mir Menschen, die ihr Glück wie ein Transparent vor sich her tragen, generell suspekt.«

Sie kennen sie doch sicher auch, diese Paare, die sich extern die Zungen und Sätze wie »Hab'-dich-soooo-lieb!« in die Ohren stecken, während intern eine hüllenlose CD zu einem Glaubenskrieg eskalieren kann. K's Gesicht mutierte jetzt zu einem einzigen Fragezeichen. Sie war mir lieb und teuer, aber ihr IQ überschritt die Raumtemperatur nur unwesentlich. Womit sie im Sinn des Schriftstellers Gottfried Benn rein theoretisch bereits Sodbrennen vor lauter Glück haben müsste. Denn Benn sagte: »Dumm sein und Arbeit haben, das ist das Glück.«

Doch K war insofern vom Pech verfolgt, als dass sie ihr Glück ausschließlich von einem Mann abhängig machen wollte. Hing in K's kleiner Welt gerade kein Typ herum, der sie im Stundentakt mit »Vermissedich-schon-jetzt«-SMS bombardierte, erschien ihr das Leben grau, leer und bedeutungslos. »Das ist doch unverantwortlich«, flüsterte ich ihr zu, »jemand anderem die ganze Verantwortung für das eigene Wohlbefinden um den Hals zu hängen. Wenn du dich selbst nicht liebst, kann dich auch kein anderer lieben.«

K nahm sich meine Ezzes insofern zu Herzen, als dass sie sich in der Volkshochschule ihres Vertrauens für den Workshop »Wege zum Glück« eincheckte. Und, hurra, dort hat sie inzwischen auch jemanden kennen gelernt, den sie mir schon sehr bald vorstellen möchte. Hilfe!

## Stressfaktor Sex

»Lauter glückliche Paare kommen«, kündigte W die Besetzung eines dräuenden Abendessens an. »Ursupervoll«, seufzte ich, »was habe ich dann dort verloren?« »Du bist der Quoten-Single der Veranstaltung«, grinste er, »außerdem glüht in dir noch das olympische Feuer des Zotenreißens. Die anderen sind ziemlich langweilig.«

»Klingt ausnehmend verführerisch. Mein Berufswunsch war schon immer Zwischengangs-Clown. Aber flüstere mir eines: Wo schlummert das Glücksgeheimnis dieser Lebensabschnitts-Langeweiler?« »Kein Sex!« »Wie bitte?« »Tja, der Austausch von Körpersäften wurde unter »Erledigt« abgehakt. Wahre Symbiotik erwächst diesen Menschen aus gemeinsamen Interessen ...« »Allenfalls italienische Küche, Seidenmalerei und Schnepfenjagd?« »So ähnlich, nicht zu vergessen das wohl temperierte Gespräch nach des Tages Müh' sowie der gemeinsam absolvierte Schicksalspfad.« »Hör' bitte auf wie die ›Neue Post‹ zu sülzen. Für die italienischen Seidenschnepfen-Angelegenheiten hat man doch Freunde. Deswegen muss man sich doch nicht gleich einen Menschen in die Wohnung setzen.« »Freunde haben nicht immer Zeit.« »Und warum wirken diese Menschen trotzdem so ausgeglichen?« »Denk' doch nach! Sex ist immer ein Stressfaktor. Ist er gut, will man mehr davon. Fällt er in die Rubrik »Entbehrlich« macht er schlechte Laune.«

Irgendwie hatte W, der Elende, es jetzt geschafft, meine Gedankenmaschinerie in Bewegung zu setzen. Bei Lichte betrachtet, hatte ich nämlich den besten Sex mit Menschen, mit denen mir heute nach 47 Sekunden das Bächlein des Gesprächs gefrieren würde. Und umgekehrt hatte ich die größte Hetz' mit jenen, für die ich noch keinen einzigen schmutzigen Gedanken gehegt hatte. Ich werde demnächst eine Standleitung nach ganz oben legen und einfach einmal anfragen, ob beim Andenken dieser ganzen Mann-Frau-Sache nicht dereinst schwere Strukturmängel aufgetreten sind.

# Amour fou ohne Hoffnung

Es gehörte zum intellektuellen Atlantiktief meiner Karriere, als ich für ein Boulevardmagazin die verantwortungsvolle Aufgabe innehatte, das Paarungsverhalten von Hollywood zu beobachten. Nun gut: Das Kind war klein, der dazugehörige Vater verfügte über ein unregelmäßiges Einkommen, das er in der Regel ganz für sich behalten wollte, und abends konnte man sich ja von der Anderson Pamela bei Proust Marcel erholen.

Für all die turbulenten Konkubinate, die es in dieser Zeit zu analysieren galt (Demi gegen Ashton, Pam versus irgendeinen Rockrabauken, etc. …) brachte ich eine Phrase inflationär zum Einsatz, die nichts im Dunklen beließ. Sie lautete: »Alles in allem handelte es sich um eine amour fou ohne Hoffnung.«

Auch rein privat war ich Spezialistin auf dem »Amour-fou-ohne-Hoffnung«-Sektor. Mit der Zielsicherheit eines Mossad-Agenten nahm ich mir stets echte Patienten ins Visier. Männer eben, die entweder mit ihren Muttis zu wenig gekuschelt hatten oder dem Hobby »Narzissmus-aber-richtig!« frönten oder sich ganz generell auf nichts festlegen wollten – vor allem auf keine einzige Frau.

»Das ist karmisch«, erklärte mir C unlängst, deren neuester Esoterik-Tick die Karma-Astrologie ist, »wenn man sich in einem seiner früheren Leben schlecht benommen hat, heißt es jetzt malochen in der Liebe.« Sie war insofern fein heraußen, als dass sie in einer früheren Existenz als ägyptische Tempeldienerin gewirkt hatte. Das Demütigungspensum fiele bei ihr also in die Rubrik »Erledigt« und deswegen wäre ihr akuter Franzi nun einmal ein guter Hauptabend-Kumpel, der auch bisweilen ohne viel Aufhebens ein kreatives Wok-Gericht zu zaubern imstande ist.

Bleibt jetzt vor allem die Frage offen, wo sich meine Seele früher so rumgetrieben hat. War ich a) Kleopatras G-String, b) Stalins Schnauzbart oder einfach nur c) eine rotzfreche Neandertalerin, die sich beim Beerensammeln häufig gehen ließ?

## Das Millionen-Ding

»Ich will mein Leben wieder zurück«, winselte ich, »mein schönes, kleines Leben ...« »Nix da«, sagte S und donnerte den Brockhaus auf den Tisch, »leben kannst du, wenn's um nichts mehr geht. Jetzt wird gebüffelt. Wo leben die Tamilen?« »Sind das die, die den Tamilen-Tee erfunden haben?« »Dir wird das Scherzen schon noch vergehen«, knurrte sie, »wir wärmen uns jetzt ein wenig mit Hauptstädten auf ... also Ouagadougou ...« »Burkina Faso, vormals Who cares«, piepste ich, »wollen wir noch ein wenig die Dialekte den Provinzen zuordnen? Ich brauche echte Herausforderungen.«

Das Scherzen ist mir übrigens schon länger vergangen. Genau genommen seit letzten Freitag, als mir eine Dame am Telefon zu der Tatsache gratulierte, dass ich als Kandidatin für die »Millionen-Show« erwählt wurde. Seither zapple ich im Würgegriff der Zuwendung zahlreicher Eislaufmütter beiderlei Geschlechts und mein Leben wurde ein einziger Prüfstand.

Ich weiß jetzt, dass die Nesttemperatur sich auf die Geschlechtsentwicklung des Krokodileis auswirkt, das französische Wort »Bordell« Bretterhütte und nicht Hühnerstall bedeutet, und der Sohn des rothaarigen Eric eigentlich Amerika entdeckt hat. Meine Seele wird von Albträumen perforiert, in denen ich bereits in der Einstiegsrunde Lassie der Rasse der Rottweiler zuordne. »Es ist doch nur ein Spiel«, erklärt mir mein Freund W, »vergiss aber bitte eines nicht: der Knurrhahn ist kein Vogel, sondern ein Fisch.«

»Was wirst du denn übrigens mit all dem schönen Geld anstellen?« »Mit dem Geld, das ich ohnehin nicht kriege, weil meine Nerven hellrosa Wunden sind, kaufe ich mir A) einen Hobbybastelraum, B) eine Wagenladung Botox oder C) eine zwei Quadratmeter große Sonnenbrille, hinter der ich am Tag der Ausstrahlung in die innere Emigration gehen werde.« »Ich tippe auf C«, grinste F jetzt, »möchte aber bitte noch mit meinem Joker sprechen. Und noch eines: Das größte Pech, das du haben kannst, ist, dass du kein Glück hast.«

## Sozial mausetotes Gebiet

Ich bin sozial mausetotes Gebiet. Aufgrund diverser plötzlich auftretender Zipperleins entsage ich den Grundfesten meines Hedonismus: Alkohol, Dijon-

Mayonnaise, Zigaretten, auch den lustigen. Nicht nur, dass mich dieser große Schritt auf Kosten meiner Menschlichkeit unerträglich langweilig macht, er macht mich auch sonst unerträglich.

»Geh' endlich in die Hypnose«, brüllt N, zurzeit ebenfalls auf Nikotin-Tschüssikofsky, »das entspannt irrsinnig. Ich denke gar nicht mehr daran, dass ich ständig daran denke, keine zu rauchen.« Man verstand sie ein bisschen schlecht, weil ihre Ausführungen von ständigen Kaubewegungen untermalt waren.

Nein, nein, danke vielmals, kein Hokuspokus-Zirkus, nur mein stählerner Wille und ich. Ich ging ins Kino und langweilte mich obsessiv bei Jarmuschs »Coffee and Cigarettes«. Ich feierte Brennnesseltee-Orgien mit mir selbst. Ich wurde nicht mehr eingeladen, da Leute, die mit toten Augen stilles Wasser in kleinen Schlückchen trinken und dabei Sätze wie »Endlich angekommen nach der langen Suche nach mir selbst« ablassen, nicht gerade Party-I-Tüpfelchen-Typen sind. Ich beging die ultimative Obszönität und kaufte mir Duftkerzen. Las abends Sándor Márai und freute mich über den Satz, den dort ein Gatte seiner Teuersten spendete: »Diese malvenfarbenen Bezüge im Esszimmer sind ein bisschen ermüdend. Sie sind so laut wie fortwährendes Geschrei.«

»Du siehst aus, als ob ich einen Drink brauche«, kläffte D angesichts dieses Schattenwesens, das sich immer mehr in einen Zustand verwandelte, und packte mich in eine Mietdroschke. Wir fuhren in die »Triest«-Bar, ertränkten uns in Ingwer-Wodka, das Nikotin schoss wie Pfitschipfeile durch meinen Körper, die »Toten Hosen« feierten mein Askese-Schwächeln mit dem Liedchen »Kein Alkohol (ist auch keine

Lösung)!« Es ist immer wieder Himmel-de-luxe, auf's Neue zu entdecken, was man sich gerade bemüht hat, zu versäumen. Oder so ähnlich.

## Der Tragöde in Tweed

»Hast du mich je betrogen?«, wollte ein Ex von mir wissen, der meine Küche mit einer Notaufnahme und meinen Gin mit einem isotonischen Durstlöscher verwechselte. Seine Akute hatte nämlich von fremden Früchten, in Form des gemeinsamen Software-Spezialisten, gekostet. Ich kniff die Augen ganz fest zusammen, um mich nur irgendwie daran zu erinnern, warum ich um diesen Mann im Paläozoikum meiner Bio wie eine Säbelzahntigerin gekämpft hatte. Mein Gedächtnis zeigte mir den Mittelfinger.

»Also hast du oder hast du nicht«, brachte sich der Tragöde in Tweed jetzt wieder ein. »Nur wenn du mich mit Ignoranz, fehlender Empathie und der Kälte des Egoismus überschüttet hast.« »Also nie?« »Nicht wirklich«, benutzte ich jetzt die wienerische Variante radikaler Verneinung. »Warst du nicht zerfressen von Schuldkomplexen?« »No! Schließlich war ich deinetwegen mit der halben weiblichen Stadt verwandt. Nie werde ich vergessen, wie mich eines deiner entsorgten Verhältnisse heulend nachts aufgescheucht hat, weil du es gegen ein anderes ausgetauscht hast.« »Unverschämtheit! Was hast du der gesagt?« »Ich hab' ihr einen Witz erzählt. Witwer und Geliebter stehen am Grab der Frau. Im Gegensatz zum Witwer schluchzt der Lover von Herzen. Da tröstet ihn der Ehemann: Mach' dir bitte nichts draus, ich werde ja wieder heiraten.« »Weltklasse«, kicherte er jetzt. »Find' ich auch, aber sie hat ihn leider nicht verstanden. Intelligenz gehörte nicht zu deinen favorisierten Aphrodisiaka ...« Jetzt suchte er wieder Zuflucht in der akuten Kummernummer: »Wie konnte sie nur ...«, etc.

»Weil Darwin uns mit dem für die Monogamie bestimmten Affenweibchen einen Bären aufgebunden hat«, flötete ich jetzt, »Polygamie ist, so die neue Forschung, der Primatinnen liebstes Hobby. Nimm's also bitte nicht persönlich.« »Wie konnte sich Darwin nur dermaßen irren?« »Ganz einfach: Der gute Mann hatte nie Gelegenheit, Äffinnen in der freien Wildbahn zu beobachten.«

## www.awfulplasticsurgery.com

Während Frauen, die auf sich halten, abends am Kaminfeuer sticken, einem den Jahreszeiten äffisch angepassten Deko-Wahnsinn frönen oder Jane Austen lesen, hat unsereins bessere Launeheber in petto. Wir surfen durch die Website http://www.awfulplasticsurgery.com, einem wahren Eldorado der Schadenfreude und Psychohygiene.

Dort bekommt man detailreich unter der Kategorie »Oops« die letzten schwer daneben gelegenen Renovierungsarbeiten diverser Stars mit erbaulichen Fotobeispielen aufbereitet. Meg Ryan, früher eine Art Doris Day für Yuppies, sieht in ihren Vierzigern inzwischen aus wie ein Alien-Entchen, das dort, wo früher die Lippen saßen, ein bis zum Platzen gespanntes Schlauchboot verankert hat. Silikonen wie Melanie Griffith und Cher wirken sowieso schon seit Jahren wie genetische Experimente, die beklemmend aus dem Ruder geraten sind. Und warum wollen Frauen wie Victoria Beckham und Courtney Love Brüste, die knapp unter dem Kinn sitzen und wie genmanipulierte Grapefruits aussehen?

»Es sind die gleichen Beweggründe, die Männer in die Arme von Essgestörten treiben, die ihre Töchter sein könnten und deswegen Woodstock für ein Bastlerparadies halten«, erklärt mir E, »Angst vor der eigenen Endlichkeit im Allgemeinen, Vergänglichkeitsparanoia im Speziellen.«

Dann schworen wir uns bei Camilla Parker-Bowles' Lieblings-Gin, uns mit Inkonsequenzen aller Art geschmeidig zu halten, uns nicht mit Dingen wie wenig Cholesterin und frühem Schlaf zu ermüden und keine »Golden Girlie«-Existenz anzupeilen. Denn nichts ist so unsexy, wie ein Sexappeal, dem man seine Anstrengung ansieht. Und nichts lässt eine 40-plus-Frau so betagt aus der Wäsche schauen, wie der Versuch, sich eine Mitzwanzigerin abzuzwingen. Am Ende des Tages bekommt sowieso jeder das Gesicht, das er sich verdient. Deswegen darf man nicht gespannt sein. Cheers, Camilla!

# Mega-uncool

»Mäusefee«, schnurrte ich, »was hältst du davon, wenn wir alle zum Nena-Konzert stechen?«

Sie sah mich mit einem Peter-Lorre-lange-nach-«Casablanca«-Blick an: »Wer alle?« »Na, die kleinen und die großen Mädels. Auch die F und die K wollen kommen.« Ich war von der Vorstellung beseelt, dass wir generationsübergreifend die Feuerzeuge zu »Nur geträumt« schwenken und uns alle ganz nah fühlen. »Mega-uncool«, zerstörte mir das Geschöpf, das ich vor neun Jahren so dringend haben wollte, diesen popkulturellen Lagerfeuer-Gedanken, »wenn, dann will ich Eminem oder Pink sehen, und wenn du mich dabei begleitest, würde ich dich dringend ersuchen Abstand zu nehmen.« »???« »Na, von mir und zwar mindestens 50 Meter, so dass du gerade noch meinen Kopf wie eine Stecknadel siehst.« »Schwierig, ich bin nämlich kurzsichtig.« »Fast blinde Mütter, die mit den Hüften wackeln: ultramäßig uncool.« »Wann«, fragte ich jetzt kleinlaut, »ist denn eine Mami so richtig cool?«

Schließlich tat ich wirklich mein Bestes: Ich besitze sowas von nichts aus Loden und auch keinen Bausparvertrag, veranstalte keine Fondues, tobe mit den schönsten Schwulen durch die Nacht und kaufte mir in der Sekunde die neue Macy-Gray-CD. Die Vernichtung war dennoch unaufhaltbar. »Sobald sich jemand bemüht, cool zu sein«, erklärt sie, »wird's automatisch uncool. So hat sich der liebe Gott das nun einmal ausgedacht.«

Abends stolperte mir ein Regisseur in die Arme, der trotz fortgeschrittener Dunkelheit und Lebenszeit mafiaschwarze Sonnenbrillen trug. Noch in der gleichen Nacht kam ich neben einer Anfangsfünfzigerin zu sitzen, die ein bauchfreies T-Shirt mit der Aufschrift »Nasty Girl« trug. All diese Menschen können wirklich ein Stoßgebet sprechen, dass die Scharfrichterin der Neigungsgruppe »Coolness, aber richtig« in Umarmung ihres Plüschelefanten Celeste zu dieser Zeit gerade den Schlaf der Ungerechten fand.

## So lieb mit Lea

*»Ich will meine Beine spreizen, zwei Betäubungsspritzen kriegen und den kleinen Wurm zwischen meinen Schenkeln ausspucken, und Papa soll die ganze Zeit dabeibleiben und den Camcorder draufhalten, klar?!«*

»Ally McBeal«, 2. Staffel, Folge 21

Meine Zunge hängt mir so aus dem Gesicht, dass ich ganz knapp nicht darüber stolpere; an den Seitengängen des voll gerammelten Schulsaals stehen bereits Bataillone von Camcorder-Vatis, die mich mit missbilligenden Blicken torpedieren. Man gibt die »Kleine Raupe Nimmersatt«, meine Tochter spielt die Wurst.

»Auch schon da?«, zischelt eines der Camcorder-Mahnmale süffisant.

Der »bewusste« Vater stand vor dreißig Jahren ganz oben auf der Weihnachtswunschliste der Feministinnen – jetzt müssen wir mit ihm leben. Knapp nach der Zeugung haben sie bereits die Hebamme für die

Hausgeburt gecastet, dann den ersten Ultraschall-Ausdruck in einen unbehandelten IKEA-Rahmen gespannt. Sie sagen »Wir sind schwanger« und hatten die Hecheltechnik beim »Gebären, aber richtig«-Crashkurs schon lange vor den dazu gehörenden gut Hoffenden raus. Sie sind Weltmeister im Kartoffeldruck, in alternativer Schürfwundenbehandlung und der Produktion von guten Gemüseaufläufen und schlechtem Gewissen.

Letzteren Botenstoff bringen sie vor allem gegenüber jenen Frauen zum Einsatz, die im Hauptgegenstand Mutterschaft allenfalls die Verbalbeurteilung »Du könntest es wirklich besser« verpasst bekämen. Selbstverwirklichung heißt die Kanaille, die echte Glanzleistungen im Mutter-Rollenfach dieser Frauen verhindert. »Die Fama der Vernachlässigung haftet an diesen Kreaturen wie der Staub an den Möbeln«, schreibt Allison Pearson in ihrem Schmerzstiller in Romanform, »Working Mum«. Dass die Gleichberechtigung in der Brutpflege bei Vater und Mutti dramatisch ausbaufähig ist, beweisen die Statistiken. Psychosoziale Schieflagen, soweit das Auge reicht. Dass die Spezies der bewussten und aktiven Väter noch lange nicht die besseren Mütter sind, demonstriert die Tatsache, dass sie so versessen darauf sind, sich dieses Etikett umhängen zu lassen. Wozu all der Theaterdonner? Kennen wir irgendwelche Mütter, die man mit den PR-Argumenten »bewusst, engagiert, aktiv« imagemäßig zu rehabilitieren versucht? Eben.

Erinnern wir uns an den Tragöden in Jogginghosen, Rainhard Fendrich. Bei seiner Fernsehbeichte suchte er das Unrecht in seiner Ehe durch den Vorwurf zu erhärten, dass er mutterseelenallein seinen Söhnen Spaghetti Carbonara zubereiten musste, während die egozentrische Gattin dem Seniorentennis frönte.

Doch selbst die durch die Mühlen feministischer Aufklärung gewanderten, allein erziehenden Prada-Trägerinnen erweisen sich noch immer voll der Dankbarkeit, wenn ihre Peter-Pan-Papas Leuchtfeuer von Brutinstinkten versenden. »Als Lebensabschnittspartner war der Mann für den Hugo«, flüsterte mir unlängst eine von ihnen, »aber er ist schon sehr lieb mit der Lea.«

Das Liebsein mit der Lea ist schnell erzählt. Der um die Hüften etwas müde gewordene Peter Pan, bei dem die Schwangerschaft der ehemaligen Zukünftigen seinerzeit denselben Effekt hatte wie Schrotsalven bei Krähen, kassiert seinen Olily-gestylten Augenstern, um die Popcorn-mit-Kino-Tiergarten-Nummer abzuziehen. Er hat es sich im Status des Onkel-Vaters gemütlich gemacht. Der Onkel-Vater oder Feelgood-Daddy ist ein Produkt des postfeministischen Power-Rausches, und wir haben ihn ziemlich oft uns selbst zuzuschreiben. In den Wartezimmern von Kinderärzten zwischen eingespeicheltem Spielzeug und zerfledderten »Brigitte«-Ausgaben ist der Onkel-Vater selten bis gar nicht anzutreffen. Auch auf Elternsprechtagen sieht man ihn kaum.

Schließlich hat die Kindsmutter damals für seine Funktionsrolle den Begriff »Sperminator« in die Welt gesetzt und ihm, aufmunitioniert durch die Klitoris-Presse à la »Cosmopolitan«, ungeniert das Gefühl vermittelt, dass sie solo eigentlich viel kesser zurechtkäme. In diesen Blättern waren gehäuft Brillenträgerinnen in rebhuhnfarbenen Kostümchen zu sehen, die in ihren Armen Laptop und Baby trugen und die trügerische Illusion vermittelten, im Bermudadreieck

Karriere, Kind und Frausein nicht ins Trudeln zu geraten. Der Schuss ging ins eigene Knie. Nachts wurde oft in den Wäschekorb geweint, weil schon wieder das Aupair-Mädchen als Gute-Nacht-Kuss-Stunt herhalten musste.

Die als Entsorgungsposten stigmatisierten Väter verzogen sich in den Schmollwinkel und begnügten sich mit dem Part der »lustspendenden Prater-Bolzen«, wie der Kinderpsychiater Max Friedrich das bezeichnet.

Dabei standen in den neunziger Jahren die Weichen für mehr »moderne Zärtlichkeit« und »neue Väter« recht günstig. In den Zeitnerv-Postillen und auf Werbeplakaten posierten gelmanipulierte Model-Männer mit nackten Babys an Chippendale-würdigen Oberkörpern. Windelwechseln stempelt den modernen Mann noch lange nicht zum Weichei, lautete die tröstliche Botschaft der Babyboomer-Generation. Schließlich waren sie die Söhne einer Väter-Riege, die vor lauter Wirtschaftswunder ihre eigenen Kinder verpasste. Mit der Menschwerdung der Brut waren ausschließlich die – allerhöchstens – Teilzeit arbeitenden Mütter zugange. Väter, das waren in dieser Periode jene graugesichtigen Männer, die abends vor dem Fernseher ihre Ruhe brauchten und am Wochenende im Hobbykeller bei Laubsägearbeiten Entspannung von der marktwirtschaftlichen Mühsal suchten. Nur wenn Mutti an einem Autoritätsproblem laborierte und einen Buhmann für den störrischen Nachwuchs benötigte, wurde der Vater aus der Versenkung bemüht.

Dass den neuen Vätern trotz dieses Traumas in der Praxis bald der Motivationsatem ausging, hat mit den Schwächen der Realität zu tun.

Meistens verdienten sie mehr Geld als die Frau. Und wenn ausnahmsweise die Frau mehr Heu einfuhr, hatte das häufig Kastrationsängste zur Konsequenz. Die Natur besitzt nun einmal ein konservatives Design: Was sie sich vor ein paar Millionen Jahren einmal ausgedacht hat, ist nicht so einfach vom Tisch zu wischen. Und jetzt?

Jetzt ist »emotional freestyling« angesagt. Das Panoptikum der Väter-Typen ist so bunt, facettenreich und verstörend wie das Leben selbst. Zwischen den Polen »voll bewusst« und »auf der Flucht« hat sich eine Vielzahl von Hybriden angesammelt. Aufgrund des statistischen Trends zur Zweit- und Drittfamilie bekommen Männer in einer Lebensphase, in der früher vorrangig Angeln in stillen Gewässern, Rosenzucht und Prostataprobleme angesagt gewesen wären, Nachwuchs. Siehe zum Beispiel Michael Douglas, der die Maturafeierlichkeiten seiner beiden neuen Kinder höchstwahrscheinlich im Rollstuhl erleben wird. Doch das verdrängen diese Opa-Väter, schließlich wollen sie ihre letzte Chance nützen, alles Verpasste und an früheren Kindern Verbockte im Schnelldurchlauf nachzuholen.

Vis-à-vis der stetig wachsenden Armee der Solomütter, die für ihre neuen Lebensabschnittspartner nur im All-inclusive-Arrangement zu haben sind, gedeiht eine neue Papa-Spezies: die Wahl-Väter, die manchmal um Längen mehr drauf haben als die biologische Variante.

Wollen wir nicht alle diesen zauberhaften Seal adoptieren, der Heidi Klum so selbstlos aus der Vater-Verlegenheit half, in die sie der abtrünnige Sperminator und High-Speed-Womanizer gestürzt hatte? Über Nacht müssen diese Wahlväter plötzlich emotionale

Nähe zu einem wildfremden kleinen Menschen entwickeln, der sie zunächst vor allem als Störfaktor in der häuslichen Liebesordnung betrachtet. Möglicherweise hat dieser Vatertypus das höchste Heldenpotenzial. Möglicherweise ist dieses Heldentum manchmal nicht ganz astrein. Sex mit allein erziehenden Müttern »schlägt alles«, erklärt uns nämlich Will Freeman, der Held aus Nick Hornbys Roman »About A Boy«: »Wenn man sich eine Frau aussucht, die vom Vater ihrer Kinder schlecht behandelt und verlassen worden war, dann liebt sie einen dafür. Urplötzlich war man ein besserer Mensch.« Na ja.

Schließlich gibt es noch den beklemmendsten Neuzugang in der Zeuger-Typologie: den Mann, der in der Biografie seines Kindes eine einzige Spur hinterlässt – im Reagenzglas. Der britische Evolutionsbiologe Robin Baker prognostiziert, dass Sexualität und Fortpflanzung ab 2070 völlig losgelöst voneinander praktiziert werden. Die Frau der Zukunft werde ihren Samen im Internet bestellen, lieben, wen sie wolle, und ihre Kinder in amazonenartigen Frauenverbänden großziehen. Igitt, wir schütteln uns. Denn wer, bitte sehr, will's denn so günstig geben?

# Der Gebärvater

Schsch, mein Goldstückerl, du machst das super. Ganz entspannt atmen ... Ja, ja, komm', bleib in der Hermann Maier-Hocke, drück', drück'... Nein, zu sehen ist noch sowas von nichts. Es kann sich also nur mehr um Stunden handeln. Soll ich dir vielleicht das indianische Wiegenlied singen? Das, was wir im Geburtsvorbereitungskurs so schön einstudiert haben, mit dem Geographie- und Turnen-Lehrerehepaar? Du erinnerst dich doch, Prinzessin? Das hast doch so gern mögen ... Einfach so, einfach zur Entspannung, ich bin's nämlich, dein ganz persönlicher Schorschi ... Sag einmal, bist du völlig enthemmt! Hör einmal, ich bin ja schließlich kein Indianer und deswegen kenn' ich einen Schmerz. Und zwar jetzt in- und auswendig. Aua! Jetzt hat sie mich wirklich gebissen, aber nicht wenig. Ich mein, wie geht's der eigentlich! ... Aua ... Oh, Lord! Aber der kann mir jetzt auch nicht helfen, der liebe, liebe Gott. Der ist nämlich single und hat die Fortpflanzung außer Haus gegeben. Der hat sie quasi seinen Sohn catern lassen. Der ist nämlich kein Trottel. Also wenn's ihn geben sollte, was ja gar nicht so sicher ist, dann ist der kein Trottel.

Was ich allein in den letzten neun Monaten mitgemacht hab, mein lieber Schwan! Ich hätt' mir ja gern noch ein bisserl Zeit lassen, mit dem Baby. Ich bin ja erst 39, noch überhaupt kein Alter für einen zeugungsfähigen Mann, aber der Gnädigsten hat es naturgemäß pressiert. In den neun Monaten bin ich gealtert und zwar um Wochen! Diese Stimmungsschwankungen, wie auf einer Achterbahn, also normal war das nicht. Gut, was ist schon normal, in der Psyche einer werdenden Mutter. Nämlich genau original nichts. Ich hab' mich wirklich eingetunt auf diesen Irrsinn. Am Anfang hab ich aus Solidarität sogar mitgereihert. Weil ich nicht so ein gefühlskaltes, unsensibles Macho-Superego sein wollt', hab' ich in der Früh, einfühlsam wie ich nun einmal bin, einen Retourhunger aufgerissen. Auf voll nüchternen Magen und obwohl mir gar nicht danach war. Aber das war noch nicht genug. No, no, no – nicht für diese, meine einzigartige werdende Mutter, vormals Frau.

Und erst die Verlustängste, grüß Gott. Im Dreiminuten-Takt hat sie mich angerufen: »Wo bist du?« »Wann kommst du?« Und: der Megatopfavorit unter den Fragen: »Hast du mich noch lieb? Hast du mich noch lieb, jetzt wo ich wie ein aufpumptes Michelin-Weiberl ausschau, Schorschi?« Natürlich hab' ich dich lieb, du bist wunderschön mit deinem prächtigen Bauch', hab' ich ihr geantwortet, du machst mich zum stolzesten Mensch auf diesem Planeten. Ich bring' die Nummer schon, wenn's sein muss. Aber wird sie je wieder die Nummer bringen? Wird die je wieder ihre Figur kriegen? Wird das Wasser aus ihren vormals Aber-hallo-Beinen abfließen? Wohin fließt das eigentlich, das ganze Wasser aus den Beinen? Ist da irgendwo ein Schwangeren-Beine-See, der das ganze Wasser aufnimmt?! Aber vielleicht ist es eh völlig egal, ob sie je wieder ihre Figur kriegt. Vielleicht will sie ja eh nie wieder Sex, jetzt wo sie abtaucht in diesen Mutter-Ich-habe-Leben-geschenkt-Glückshormonnebel.

Am Anfang ist ja gar nichts mehr g'laufen, außer dem Fernseher. Und was wir uns da für einen behinderten Schrott reinziehen mussten! »Forsthaus Falkenau«, »Reich und schön«, den »Bergdoktor«. Und kaum ist beim »Bergdoktor« eine dumme Kuh beim Kalben drauf gangen, war's ganz aus. »Baby, ganz alleine, Mama tot, Baby traurig, ich muss weinen, ganz viel weinen.« Meine Frau, die früher, friktionsfrei aus der Hüfte, ganze Coaching-Seminare abgehalten hat. Offene Psychiatrie, so eine schwangere Frau.

Rein sexuell war sie ja sehr verschlossen, am Anfang. »Du Barbar, wie kannst du jetzt nur an Sex denken«, hat sie mich angebissen, als ich irgendwann vor sie hingetreten bin und gesagt hab: »O. k, Schatzi, ich werde Vater, aber hauptberuflich bin ich noch ein Mann.« Ab dem fünften Monat hätte ich auf einmal wieder antreten dürfen. Und zwar nicht wenig. Nur: da wollt ich nicht mehr, also ehrlich nicht, schon aus Respekt wegen meinem Kind. Ich meine, was denkt sich so ein Embryo, wenn auf einmal so ein Glatzkopf bei der Tür reinschaut. Sagt der dann »Bitte schön, kommen'S nur weiter, hier ist Platz für uns alle« oder reißt so ein Embryo dann ein pränatales Trauma auf, das mich später einen fabriksneuen BMW an psychiatrischer Betreuung kosten wird? Ich bin ja wirklich nicht geizig, aber ihre Kaufräusche waren auch nicht von schlechten Eltern. Mein ehemaliges Arbeitszimmer schaut aus wie ein Truppenübungsplatz für Plüschtiere. Entwürdigend! Allein schon dieser Bonbon-Terror von Farben. Diese armen Kinder! Wollen die das alles überhaupt? Fragt die irgendjemand? Vielleicht stehen die ja mehr auf Erdfarben als diese superpickigen Zuckerltöne.

Auf alle Fälle kriegen wir in Bälde das goldene Verdienstkreuz der Firmen »Jacquardi«, »Chicco« und »Toys Are Us«. Das Baby hat doch nur einen Hintern, wieso braucht des eigentlich drei Kinderwägen, hab ich mir erlaubt anzumerken. »Weil du dich nicht auskennst, Schorschi, und weil unser Kind, genau wie wir, nicht der Dalai Lama ist«, hat sie nur gesagt. »Wir brauchen nun einmal eine Erstlingskarosse in Navy-Blue für die ersten Ausfahrten, schließlich soll das Manifest unserer Liebe nicht leben wie ein Hund, dann einen praktischen Sportwagen mit abnehmbarem Maxi-Cosi-Sitz und natürlich Blizzard, den einrädrigen Turbo-Jogger, weil ich ja irgendwann wieder meine Figur – uahhhähhhplärr – kriegen möchte.«

Gut, da hat sie ausnahmsweise Recht, weil das Essverhalten wäre auch eine Dissertation wert gewesen. »Ich brauch Nussschokolade, Schorschi«, hat sie mich mitten in der Nacht wachgerüttelt, »Nussschokolade, ganz, ganz dringend. Es ist ein Notfall. Bitte, Schorschi, fahr' zum Würschtlstand, dein ungeborenes Kind will Nussschokolade.« Also bin ich gefahren, konnte aber nur eine Noisette-Schokolade und eine mit Erdbeerrahmfüllung aufstellen. Na, mehr hab' ich nicht gebraucht. »So lieb von dir, Schorschile, dich hab' ich ja gar nicht verdient. Wo ist aber die mit den Nussis?«, hat sie mich dann mit schreckensgeweiteten Augen gefragt. »Gut aber aus, Weiberle.« Und dann ging das Geflenne los. »Schorschi, du Gefrierschrank von einem Mann, ich bin dir nichts mehr wert, nicht einmal eine vertrottelte Nussschokolade, verlass' mich doch gleich, dann brauch ich deine verfluchte Nussschokolade nicht mehr, die kannst du dir dann rektal, deine sinnlose Nussschokolade, die du eh nicht aufzustellen imstand bist, du Versager, ich steh' das schon alles alleine durch …«

Und dann hat sie sich an den Küchentisch gesetzt und ein Glas Teufelsroller, Geschmacksrichtung extramongolisch, ausgelöffelt. Ohne mich eines halben Blickes zu würdigen. Da brauchst du Nerven wie

Bruce Willis in »Stirb langsam«, eins, zwei und drei. Ich meine, unsereins gilt ja genau nichts bei dieser Vermehrungsgeschichte. Unsere Gefühle zählen da genau cinque. Keiner fragt mich, wie's mir damit eigentlich gehen wird, wenn ich statt Miles Davis nur mehr Benjamin Blümchen hören darf. Keiner fragt mich, wie's mir geht, wenn meine Frau, dieser toughe Feger, sich auf einmal benimmt, wie ein geschlechtsloser Klumpen Happy-Deppi-Mensch. Keiner fragt mich, wie's mir eigentlich geht, wenn mein Arbeitszimmer in so einen Luxus-Häschenstall umgewandelt wird ...

Wer passt denn eigentlich dann so auf auf Kinder, wenn man doch wieder irgendwie wieder einmal leben möchte? Kreischblonde Schwarzarbeiterinnen aus den ehemaligen Kronländern? Solche mit ganz viel blauem Lidschatten, die gern telefonieren? Vor allem von meinem Festnetz. Heutzutage können die Kinder ja schon Tschechisch, bevor sie überhaupt auf die Welt kommen. Oder ist sie, die Einzigartige, dann doch mehr auf der progressiven Seite beheimatet und vertraut unseren Augenstern so einer vampirbleichen Kunststudentin im 17. Semester an? So einer Gruftie-Braut eben, die voll-na-pfahh auf dem kreativen Entfaltungsterror drauf ist. Während wir pseudo-entspannt in einer schicken Terence-Conran-Crossover-Fusion-Kantine versuchen, unsere Ehe wieder halbwegs auf die Reihe zu kriegen, schändet unsere Brut gerade die eierschalenfarbene Castigilioni-Designercouch mit Fingerfarben, also eigentlich chemiefreien Pigmentfarben. Solche, die ganz schwer rausgehen, damit sich's auch wirklich auszahlt.

Wenn wir dann rechtschaffen erschöpft heimkommen, empfängt uns diese Vampirpädagogin in unserer völlig devastierten Wohnung, zeigt uns die mit chemiefreien Pigmentfarben geschändete, früher eierschalenfarbene Designercouch und sagt: »Die Kleine hat heut' was ganz Tolles g'macht. Sind da nicht wahnsinnige Emotionen drinnen?« Wir sagen nichts. Schließlich wollen wir uns der Vampirpädagogin nicht als materialistische Spießerlulus outen und zahlen der Person das Taxi in den 23. Bezirk, denn solche wohnen immer im 23. Bezirk. Damit sich's auch wirklich auszahlt. Als die Tür ins Schloss fällt, checken wir sofort in diesem atompilzgrünen Bene-Ordner die Haushaltsversicherungspolizze. Der Passus »Schadensdeckung-wegen-unaufschiebbarer-Fingerfarben-Schändung-von-eierschalfarbenen-Designercouchen« scheint dort – Überraschung! – nicht auf.

Meine Aorta beginnt leicht zu pulsieren. Dann fällt mir dieser Artikel ein, den ich in einer von diesen Peter-Mosers-Wissenschaftsrevue-Komikerzeitungen gelesen habe. Ein Artikel über frühkindliche Prägungen von Serienkillern. Wie ich mich dunkel erinnere, haben auffallend viele Serienkiller nicht nur deswegen diesen Berufswunsch ergriffen, weil schon ihre Urgroßväter, Großväter und Väter Serienkiller waren, nein, dort stand auch zu lesen, auffallend viele junge Serienkiller wählten auch deswegen diesen Lebensweg, weil sie in ihren wichtigsten drei Entwicklungsjahren kaum bis gar nicht Gelegenheit hatten, eierschalfarbene Designercouchen mit chemiefreien Pigmentfarben zu schänden. Und irgendwo mussten die dann natürlich hin mit diesem kreativen Unterdrückungstrauma ... ist ja auch irgendwie logisch ... Himmel, da unten geht ja jetzt was weiter. Du bist die Beste! Ja, ja, bleib' einfach dran, pressen, pressen, das haben wir doch so schön geübt!

Ich liebe dich, mein Gott, ich werd verrückt, jetzt ist sie da. Diese kleinen Fussis, hat irgendjemand schon einmal so liebe Fussis gesehen? Eine Göttin von einem Kind, mein Gott, da werden sie sich anstellen, da werden wir sie wegschicken müssen, es ist ein Wunder, ein wirkliches Wunder. Schatzi, das ist deine beste Nummer, bis jetzt, Hilfe, ja, ja, ich nehm's, tu ich ihr auch nicht weh? Ganz sicher nicht? Mein Lieber, das hat mir ja keiner g'sagt, wie schön das ist. Nein, ich wein' überhaupt nicht, ich bin nur so glücklich, so wahnsinnig glücklich ... Jetzt, jetzt endlich versteh' ich dich, jetzt werd' ich nämlich genau so gaga wie du ... Jetzt sind wir endlich beide gaga. Uns kann jetzt nichts mehr auseinander bringen ... Wir sind eine Familie, eine Oase inmitten dieser zynischen Spaßgesellschaft ...

## Mickeys Empire

Ich bastelte mir gerade einen Papierflieger aus dem Alimentationsherabsetzungsantrag des Kindsvaters, als E, voll bepackt mit Zimtsternchen und Lichterketten vor der Tür stand.

»Von draußen aus dem Konsumentenparadies komm' ich her«, gurrte sie, »Pollylein, es weihnachtet sehr.« »Mir ist nach Brennnesseltee und Gerstenkleie. Neue Schäbigkeit und so. Der Mann will allen Ernstes für seine Tochter nicht mehr als 150 Euro brennen.« Sie gluckste: »Es ist doch noch gar nicht Fasching. Belaste dich nicht! Lass' uns ins Burgtheater stechen und pfeifen wir uns den pornografischen Großdarsteller Micky Blue in Jelineks ›Bambiland‹ rein. Das hebt die Laune …« »Schon gesehen …« »Ja und?«

»Dass mir die Burg den besten Pornofilm meines Lebens beschert, find' ich eigentlich bezaubernd. Bravo, Schlingensief, Chapeau, Bachler!« »Man erzählt sich ja Sagenhaftes. Ist das Ding von diesem Herrn Blue wirklich so …?!« »Ein ausführendes Organ von Empire-State-Building-Dimensionen. Von nichts anderem haben die Damen der Stadt an diesem Wochenende gesprochen …« »Und die Herren?« »Die Herren haben nur angemerkt, dass das ganz sicher nicht echt sein kann, und dass Micky, ganz abgesehen davon, nicht gerade nobelpreisverdächtig ausschaut. Zu Recht: Eine gewisse physiognomische Schlichtheit ist ihm nicht ganz abzusprechen …« »Die Männer, auf die ich am schärfsten war«, bemerkte E jetzt, »waren allesamt keine Leucht-Athleten. Man muss sich von dem Mythos verabschieden, dass Intelligenz und Sinnlichkeit im Doppelpack angeboten werden. Bezüglich dieses Denkansatzes haben uns die Herren der Schöpfung ja einiges voraus.«

»Aber irgendwann muss doch auch was geredet werden, Scharfsein hin oder her.« »Du Bücher-Liesl! Reden können wir, wenn wir alt und tot sind«, ließ E nicht locker, »ich trinke auf die Blue-Hours des Jahres 2004.« Ich reichte ihr ein Tässchen Brennnesseltee und wählte die Nummer des Burgtheaters.

# Soulmate-Sorbets

»Also«, sagte er, »dieser Rabbi tut also das Unfassbare und spielt am Schabbes Golf.« »Ja«, fällt sie jetzt ein, »und zu allem Überfluss schießt er ein Hole in One …« Das Pärchen, mit dem E und ich beim Chinesen Dim-Sums vernichten, ist so symbiotisch, dass sie nicht einmal einen Witz im Alleingang zu erzählen bereit sind. Er: »Und dann blickt der Rabbi gen Himmel und ruft voller Zorn … wie war das doch gleich, Putziwutzi?« Putziwutzi springt in die Bresche: »Der Rabbi brüllt: ›Warum musst du mich so entsetzlich strafen? Ich kann's doch niemandem erzählen.‹«

Nach dem nicht anstrengungsfreien Abliefern der Pointe halten sich die beiden fest an den Händen, so als ob einer der Partner gerade die letzten zwei Tage ohne Hoffnung auf Bergung in einem kalten Brunnen verschüttet gewesen wäre.

Putziwutzi war einmal eine von uns. Seitdem sie K kennen und lieben gelernt hatte, fiel sie einer recht beklemmenden Metamorphose anheim. Plötzlich begann sie sorbetfarbene Ralph-Lauren-Polos zu tragen, steckte sich die Haare wie eine flotte Markgräfin auf, übte sich im Weiße-Bällchen-durch-unschuldige-Wiesen-Pfeffern-Sport und sagte Sätze wie »Ich habe meinen Soulmate gefunden«. Nicht, dass uns prinzipiell angesichts solchen Glücks besonders übel werden würde, aber warum sind es immer die Damen, die sich in der Disziplin »Chamäleon sein ohne Tränen« dermaßen zum Narren machen und ihr früheres Leben an der Garderobe abgeben, um gänzlich im Kosmos ihres Soulmates aufzugehen?

»F«, brauchte ich Trost, »wir machen alles falsch. Wahrscheinlich sollten wir uns von Putziwutzi ein hauchdünnes Scheibchen abschneiden ... Ich meine, die Tante wirkt eigentlich recht ausgeglichen.« »Irgendwo zwischen Putziwutzi und Brunhild muss doch noch ein Kompromiss schlummern«, seufzte sie jetzt und fügte dann hinzu: »Und übrigens, Polly, in diesen Sorbet-Polos sieht unsereiner ohnehin aus wie frisches Erbrochenes.« Weiß Gott.

# Murmeln mit Mutter Erde

Eine ehemalige Studienkollegin rief mich an, der ich viel zu verdanken hatte. Zum Beispiel, dass sie mich in einem Fach wie Statistik vor dem kompletten Ausverkauf meiner Würde bewahrt hatte. Sie brüllte jetzt aus dem Waldviertel ins Telefon: »Du musst kommen. Ich habe gerade Erdgeister aus aller Welt zu Gast.«

Kurz wollte ich fragen, ob diese Erdgeister gut gebaut sind und über ein regelmäßiges Einkommen verfügen, hielt aber dann an mich, weil Esohysterikerinnen generell keinen Spaß verstehen, wenn man sie nicht bierernst nimmt. Also beschränkte ich mich auf ein »Mach' Sachen!« »Das ist so reinigend. Die legen dir einen Kanal zur Natur und du kannst in den Dialog mit Mutter Erde treten.«

Ich malte mir so eine Plauderei aus. »Gnä' Frau«, würde ich sagen, »für Ihr Alter sehen Sie trotz dieses elenden Ozonlochs blendend aus. Aber in Sachen Klimaerwärmung musste ich einen Leistungsabfall registrieren. Wie schau' ma denn da aus?!«

»Ich würde so wahnsinnig gerne«, zirpte ich der Erdgeist-Managerin jetzt zu, »aber mein Chakra-Aufladestein ist gerade beim Service. Und nächste Woche bin ich mit einem Menstruieren-bei-Vollmond-Abendkurs voll eingeteilt. Also selbst mein Schutzengel, der zwar immer von der Großzügigkeit der Ewigkeit faselt, wird langsam kleingeistig wegen meines lausigen Zeit-Managements …«

Weg war sie. Es ist ja oft so, dass man mit Menschen, mit denen man eine Vergangenheit besaß, keine Zukunft hat. Und dann grübelte ich, warum so viele Weiber in Kabbala, Urschreien, Glückssteinen und Ausdruckstrommeln machen. Verzweiflung vielleicht, Ablenkungsmanöver vor der drohenden Steuererklärung, Sinnstemmen ganz generell. Ein Krankheitsbild, das mir nicht fremd ist. Nur: Das Leben ist zwar möglicherweise ein Hinkelstein, aber da ist nichts, was man mit Medikamenten wie einem Flirt mit dem Altausseersee oder ein paar Spritzern beim Hofbauer an der Alten Donau nicht hinkriegen könnte. Trust me on that!

## Die Kartenmaus

»Bitte, nur einmal noch«, winselte ich und wedelte mit der Flasche Prosecco. »Du übertreibst es ein bisserl«, verschickte sie einen Blick, der die symbolische Kraft eines Schlags in die Magengrube besaß, »Vermessenheit bestrafen die.« Sie deutete gen eine höhere Macht.

Dann mischte sie doch, diese Diva. Ich kann nämlich schön beleidigt schauen, wenn ich nur will. Rawumms – schon knallte mir das Schicksal eine vor den Latz. Die gezogenen Karten zeigten Witwe, Verlust und Falschheit. Herr Ober, bitte ein neues Leben und – wenn irgendwie geht – das alles auf einem neuen Planeten. Oder vielleicht gleich ein hübsch antikes Buttermesserchen für meine Pulsadern. »Danke, sehr nett«, nahm ich die dargebotene Symbolik jetzt also echt persönlich. Die Feuerprobe unserer Freundschaft war eröffnet.

»Verlust kann auch durchaus der Beginn für was Positives, Neues bedeuten«, versuchte sich B jetzt in halbherziger Katastrophenbetreuung, »und die Witwe sagt doch nur, dass du dich irgendwann einmal von jemandem getrennt hast.«

»Jetzt begreife ich auch die Falschheit«, zieh ich sie jetzt, »diese Karten sind oft verdammt schnell.« Es wollte keine rechte Stimmung mehr aufkommen. An sich hatte sich B, was ihre hexischen Fähigkeiten betraf, stets als Volltreffer erwiesen. Angesichts der drohenden Aussichten machten sich bei mir erstmal Zweifel bezüglich ihrer Kompetenz breit. Ticke ich überhaupt noch richtig – als Frau mit regelmäßigem Liebeskummer und spontanem Einkommen mein Schicksal diesem esoterischen Schwachsinn zu überantworten?!

Daheim angekommen gab ich mir selbst noch eine echte Chance: mit meinen eigenen Zigeuner-Kärtchen. An die sieben Durchgänge brauchte es, bis mir Liebe, unverhoffte Freude und etwas Geld sicher waren. Was mache ich mich bei B zum Affen, frage ich Sie, wenn das Gute doch so nah liegt.

# Bitte eine Erdspalte!

Bitte, Herr Ober, eine kleine Erdspalte, in der ich ganz schnell verschwinden kann.

Ich saß am frühen Samstagmorgen in einem Kaffeehaus am Naschmarkt, schon rein outfittechnisch auf keinerlei Begegnungen eingestellt. Da betrat der Mann, mit dem ich vor ein paar Jahren ohne zu zögern, ein Volk in unwirtlichen Gebieten zu gründen bereit gewesen wäre, die Lokalität. Es war auch der Mann, für den ich einen Zweiarmstrom an Tränen vergossen hatte, als er mir mitgeteilt hatte, dass er sowas wie mich überhaupt nicht verdient hat. Und jetzt einmal sehr viel nachdenken muss, sich dann aber ganz sicher melden wird. Er hat nie wieder angerufen.

Nachdem sonst niemand in der Hütte saß, musste ich davon ausgehen, dass er mich jetzt anlächelte. Der Ober, dieser Dolm, brachte mir statt einer Erdspalte einen doppelten Espresso. »Oh, was für ein schöner Zufall«, sagte der Mann, der für den temporären Bankrott meines Selbstwertgefühls verantwortlich war, »darf ich mich zu dir setzen?« Im Laufe des zwanzigminütigen Gesprächs erklärte er mir u. a. die Vorzüge eines alkoholfreien Lebens sowie, dass Mütter die ersten drei Entwicklungsjahre gefälligst bei ihren Kindern bleiben und sich nicht egoistisch irgendwelchem Selbstverwirklichungsfirlefanz widmen sollten. Er hätte das Glück jetzt in Form einer Kindergärtnerin gefunden, die sich jetzt ausschließlich auf das Produkt ihrer Liebe konzentriere. Es wurden auch »Fotis« von dem Produkt gereicht, das einem kleinen Pfannkuchen mit Sehschlitzen glich. »Na, gratuliere, nur so weiter«, sagte ich und redete später ein ernstes Wort mit mir.

Wie hatte ich mich nur seinerzeit in ein derart einfältiges Exemplar verlieben können? »Lass' mich in Kraut«, keifte meine innere Stimme, »und red' ein ernstes Wort mit deinen Hormonen!« Aber wie immer verweigerten meine Hormone, diese Racker, mir ein Gespräch auf der Basis der Vernunft.

## Die Kammer des Schreckens

Mitten im Herbst wird meine Tochter von Frühlingsgefühlen übermannt. Die Kammer des Schreckens ist also geöffnet, denn sie benimmt sich in ihrer Verliebtheit wie alle Frauen im Alter von acht bis zum Absprung in die Ewigkeit: schwachsinnig und unberechenbar. Dass ihr erster Kampf die Aussichtslosigkeit im Arrangement inbegriffen hat, macht die Sache nicht einfacher. Im Gegenteil.

»Du bist doch da in diesem Mediengeschäft«, appelliert sie nach der Ansicht des neuen »Harry Potter«-Films an meinen Ehrgeiz, »mach', dass der Harry-Schauspieler uns besuchen will.« »Und mit welcher Art von Karotte könnte man ihn deiner Meinung nach locken?« »Schau', der Arme hat doch keine Eltern mehr. Wir versprechen ihm bedingungslose Liebe und regelmäßige Mahlzeiten, ein gemütliches Heim eben. Ich werde mit ihm in deinem Himmelbett knuddeln, und du kannst ja im Kinderzimmer hausen.« »Hübsche Idee«, murmle ich, während in mir die Alarmsirene schrillt. Arme Mäusefee! Schon jetzt ist sie in ihrem Umgang mit dem anderen Geschlecht vom »Suchen, Retten, Bergen«-Syndrom verseucht. Und schon jetzt könnte ich ihr verraten, dass das Krankenschwestern-Häubchen nur so lange seine Magie behält, als der Patient bei Schwäche ist. Kaum schießt ihm wieder Keckheit ein, mutiert er zum Weltmeister in der Entsorgung von Kronzeuginnen seiner eigenen Unzulänglichkeiten.

»Das ganze Elend der Menschen«, so notierte der Philosoph Pascal, »rührt daher, dass sie nicht ruhig in ihrer Stube bleiben können.« Aber andererseits: Wer kann schon Männer ernst nehmen, die ständig nichts Besseres vorhaben? »Du musst Drachen töten und Suppen kochen können«, bleibe ich bei der Harry-Causa, »nur Knuddeln ist zu wenig.« »Cool und lieb sein, ist ja sauanstrengend«, bringt sie das postfeministische Dilemma auf einen plastischen Punkt. Meine Brooklyner Freundin Vicky würde jetzt sagen: »Please do tell me something I don't know.«

## Nordkoreanische Dunkelhaft

B und ich wankten aus dem Kino – Bond, James Bond. Netterweise tat sie den Satz, der mir zwar auf der Zunge lag, den ich aber dann doch in die Abteilung »Meiner nicht würdig« warf.

»Schnuckelig, dieser Brosnan«, räusperte sie sich, »wird eigentlich mit dem Alter immer besser.« Diese Binse hatten wir sonst immer in Sachen Connery aus dem Arm geschüttelt, aber inzwischen schüttelte der beim besten Willen nicht mehr, sonder rührte nur noch. »Mhmm«, räusperte ich mich jetzt, »und noch dazu hat Brosnan im richtigen Leben eine übergewichtige Frau, die aussieht wie Menschen wie du und leider auch ich ...« »Was interessiert mich das richtige Leben?!«, fand B, »am ergreifendsten fand' ich ihn in der bitterkalten nordkoreanischen Dunkelhaft ...« »Jeder Mann wird erotischer, wenn ihm das Schicksal mit der Wucht eines Bulldozers über's Gesicht gefahren ist.« »Leider nichts Neues unter der Sonne«, seufzte sie jetzt.

B war an sich bislang Spezialistin in der Neigungsgruppe »Milchbubis aller Art« gewesen. Solche, die zur Überstrapazierung des Adjektivs »cool« neigten und zur Zeit der Beatles-Trennung noch in Abrahams Wurstkessel tobten, gereichten ihr zur Freude und zum Verhängnis. »Ich habe diese Kälbchentypen bis hierher«, erriet sie jetzt meine Gedanken, »ich will patinierte Männer mit Laufmaschen in der Seele ...« »Ich bin bei dir«, flüsterte ich, »sie sollten bereits ein Lebensmenschlein verloren und zwei bis drei mit Karacho gescheiterte Beziehungen hinter sich gebracht haben ...« »Genau. Es ist hart an der Zeit, dass WIR einmal die Welt erklärt bekommen ...« »Wem werden wir dann aber unsere angehäufte Weisheit zugute kommen lassen?«, wollte ich dann wissen, »und sollen wir die Hintern der Kälber kampflos irgendwelchen Tussen überlassen?« »Denk darüber an einem anderen Tag nach«, mobilisierte sie sich angesichts der neuen Erkenntnisse zur Nonchalance. Nichts lieber als das.

# Mein Rampenferkelchen

Es begab sich, dass das Kind zu einem Casting für eine Fernsehshow geladen wurde. Da das Kind einst bereits knapp nach der Windelkrise in unbeaufsichtigten Momenten auf Wirtshausbühnen zu hoppeln pflegte, um dort die Schmerzensarie der Pippi Langstrumpf in Takatuka-Land zum Vortrag zu bringen und sozusagen die besten Voraussetzungen für ein Rampenferkelchen mitbrachte, glaubte ich, dass diese Einladung hysterischen Enthusiasmus zur Folge haben würde. Falsch. Volle Krise stand auf dem Spielplan.

»Ich weiß nicht, ob ich es verkraften werde, dort abzublitzen«, erklärte mir das Kind, »und wenn nicht, wird's erst recht kompliziert.« Ich verschwieg an dieser Stelle, dass das Leben ohnehin einem Jakobsweg an narzisstischen Kränkungen gleich kommt und beschränkte mich auf »Mach' einfach das, was dir dein Bauch sagt.« »Mein Bauch flüstert mir, dass ich dann kein normales Leben mehr haben werde.« Ich bat um die Definition von normalem Leben. Sollte die Vorstellung von Paparazzi-Trauben in den Kastanienbäumen der Rustenschacher Allee sie irritieren, könnte ich sie nämlich beruhigen. »Nun ja, wenig Schlaf, ein Riesenberg Schulden, Laufmaschen in den Strümpfen. Das ist normal.« Ich fürchte, dass hier mein Job als Vorbildfunktion etwas, nun ja …

Gegen sechs stand sie neben meinem Bett und brüllte: »Aufwachen und Zuhören!« »Also, Mäusefee, wie hast du dich entschieden?« »Absagen, alles absagen«, antwortete sie, »ich habe mich nämlich entschlossen, mich ganz auf meine Kindheit zu konzentrieren.« Das war ein Satz, der keine Fragen offen ließ, und an dem ich mir in der Sekunde die Lizenzrechte sicherte. Wer immer mir in Zukunft Aufschiebbares abverlangen wird, dem werde ich einfach sagen: »Kann/will/muss nicht. Denn ich habe mich entschlossen, mich jetzt ganz auf meine Kindheit zu konzentrieren.«

## Rock 'n' Roll in kleinen Dosen

»Gnä' Frau«, sagte der Repräsentant der Exekutive, offensichtlich stolzer Besitzer eines Zweitwohnsitzes im Prol-Toaster seines Vertrauens, »san Sie die Partyveranstalterin?« »Ja, und wissen Sie womit?« »No?« »Mit Hingabe!« »Wenn das mit dem Lärm da so weiter geht, werden wir einige Ihrer schönen Freind' mitnehmen müssen.« Ich sparte mir den Satz, den Hermann Leopoldi für das Ringelspiel (»Des is' a Hetz' und kost' net vül!«) ersonnen hat, merkte aber auch nicht faul an: »Das träfe sich blendax. Die Herrschaften sind nämlich zu 98 Prozent Journalisten und freuen sich immer über neue Erlebnisse.«

Jetzt begann mein Kind zu weinen: »Mamii, werden wir jetzt alle verhaftet?« Mein Freund M, dessen Aorta sich bereits nervös regte, drückte meinen Fortpflanz an sich und ließ die Bullen wissen: »Na bravo! Dafür zahlen wir euch, damit ihr unsere Kinder zum Heulen bringt's.« »Also wirklich«, mischte sich jetzt die – wie wir alle – nicht mehr stocknüchterne C ein, »warum gestalten die Herren ihre Dienstzeit nicht sinnvoller und fangen ein paar Räuber.« Dann musterte sie die Beamten und befand im zierlichen Abgang: »Der Zauber der Montur … pfhhh!«

Herrlich! Eine kleine Sause mit studentischem Flair und ganz nach meinem Geschmack. Statt wohl temperiertem Smalltalk (»Wohin gehen wir?«, »Wann kommen wir?«, »Und wie erklären wir das alles unseren Psychotherapeuten?«), kontrolliertem Genippe, erlesenen Spezereien und dem Austausch von Höflichkeiten gab's Polizisten, exzessives Abtanzen zu Willy DeVille und den »rollenden Steinen«, scharfe Fleischlaberln und Doppelliterware. Zur Krönung der Veranstaltung hätte noch ein Installationskünstler gefehlt, der in irgendeine Ecke kotzt, und eine Schlägerei, in der sich die Kampfhähne nach Zerstörung von etwas Inventar sentimental um den Hals fallen. Doch wollen wir nicht unverschämt, sondern dankbar dafür sein, dass das Leben nach all den Jahren noch immer ein wenig Rock 'n' Roll, zumindest in kleinen Dosen, in petto hat.

## Dämonen der Finsternis

Wir nahmen ein Idylle-Vollbad im Ausseer Land. Meine Tochter und ihre Kumpaninnen tollten durch das Haus und jagten Dämonen der Finsternis, meine männliche Freundin P und ich vollführten unsere Jamie Oliver-Exerzitien und die Kuh, deren Lungenbraten ich für das Weihnachtsbrimborium geordert hatte, lugte freundlich durch das Fenster.

Dieses Bild des himmlischen Friedens sollte jedoch abends erhebliche Kratzspuren bekommen, denn wir hatten unvorsichtigerweise ein in der Nähe urlaubendes Psychoanalytikerpärchen zum Essen gebeten.

Die beiden kamen schon etwas zerrüttet angereist, denn offensichtlich hatte ihre Landkarten-Schwäche ihn schon auf diese sattsam bekannte Palme schnellen lassen. Bereits beim Konversations-Warm-up schwirrten die Fallbeile. Als sie sich von der Pasta ein zweites Mal nahm, zischte er scharf: »Fünf Sekunden auf den Lippen, 15 Jahre auf den Oberschenkeln.« Und, man glaubt es kaum: Der Frau, die internationale wissenschaftliche Anerkennung auf Grund ihrer Hysterie-Studien gefunden hatte, schoss zwar kurz ein »Musst du mir immer alles versauen ...« ab, um dann schon gehorsam die Gabel zur Seite zu legen. Sie rächte sich später häppchenweise, indem sie uns in völlig unpassenden Zusammenhängen auf die physischen Insuffizienzen ihres Gatten aufmerksam zu machen begann. Gicht, Rheuma, eine Versager-Wirbelsäule, etc. De facto schien der Knabe reif für's Pflegeheim. Diese Ahnung umspülte er mit dermaßen tüchtig Rotwein, dass sie ihm in Folge den Autoschlüssel abnahm. Der Psychoanalytiker tollte jetzt mit verbissenem Mienenspiel hinter ihr um den Esstisch, um a) den Schlüssel sicher zu stellen und b) das Machtgefüge wieder ins Lot zu bringen. Als die beiden dann doch abreisten, saßen P und ich, erschöpft wie nach einem Luftangriff, da.

»Der einzige, auf Dauer erträgliche Partner ist das Leben selbst«, sagte er. Dem hatte ich nichts hinzuzufügen.

# Posttraumatisierte Stress-Disorder-Pandabären

Wenn Sie diese Zeilen inhalieren, werte Leser, wird die Welt für mich wieder aus ihrer Schieflage befreit sein. Ich werde Gänse und das Leben begießen und mich mit der Tatsache abfinden lernen, dass für meine Tochter das Christkind heuer kein Engelsgesicht, sondern das Antlitz einer – ihren Rahmen stets verlässlich sprengenden – Kreditkarte trägt.

Es ist chillen angesagt, denn die letzten Wochen, liebe Konsumenten, haben mich am Rand meiner Kräfte schrammen lassen. Zu viele »Sie-sehen-aus-als-ob-ich-einen-Drink-bräuchte«-Momente und jede Menge Partys, böse, böse Partys! Ständig fühlte man sich wie 15, sah aber dummerweise ein paar Takte älter aus. Auf der schicken Loftsause des aufstrebenden Independent-Labels – der Reinerlös der Tombola ging zu Gunsten von posttraumatisierten Stress-Disorder-Pandabären oder so ähnlich – saßen wir Mädels, als D uns mit dem schrillen Satz »Sehe ich richtig oder hab' ich nur einen Fisch am Aug'?« aufscheuchte.

Der Mann, dessen Vor- und Nachnamen ihre zukünftigen Bypässe tragen werden, versenkte eben seine Zunge gleich einer frisch gefangenen Forelle im Rachenraum eines Zierfischchens. In meiner jahreszeitlich bedingten Harmonisierungssucht angelte ich nach Erklärungsmodellen. »Möglicherweise hat das Zierfischchen gerade ein schweres Sauerstoffproblem und dieser Gutkerl will sie eben mit einer kleinen Mund-zu-Mund-Beatmung wieder ins Leben zurückholen.« Sie: »Falscher Text, denn Fische, vor allem Zierfische brauchen bekanntlich keinen Sauerstoff.« »Sicherlich liebt er dich wirklich«, übte sich N jetzt in Schadensbegrenzung, »er hat nur Angst vor starken Frauen und sucht gerade um Asyl an, um ein wenig in sich gehen zu können.«

»Möglicherweise gehört er einfach nur kommentarlos mit einer Federboa gedroschen«, sagte D jetzt und sprang auf, um ihren ganz persönlichen Beitrag zum Thema »Gute Mädchen kommen in den Himmel, böse überallhin« zu leisten. Mazeltov!

## Ein Ego wie das »Ambassador«

Meine Familie hat für alle meine Normabweichungen vom Trampelpfad des Mainstreams ein Erklärungsmodell. Und dieses Erklärungsmodell lautet »fatale genetische Vorbelastung durch Tante Lou«.

Tante Lou, die seit gut 35 Jahren im wahrsten Sinn des Wortes unter uns weilt, hatte zwar ein Kind, aber nicht von ihrem Ehemann. Den hatte sie später dann auch mit der lapidaren Begründung »Er ist der einzige Mann, der mich zum Weinen bringen kann – und zwar vor Langeweile«, entsorgt. In der Vorkriegszeit betrieb sie unter dem viel versprechenden Pseudonym »Madame Cœur« in einer Zeitung eine Briefkasten-Kolumne, in der sie der Menschheit Beziehungsezzes erteilte. Für ihr Privatleben hätte sie eigentlich legitimerweise Katastrophenschutz beantragen können. Sie liebte die Männer, vorzugsweise die anderer

Frauen. Sie hatte diebischen Spaß dabei, das Geld, das sie nicht hatte, auszugeben. Missinterpretierte Cognac als isotonischen Durstlöscher. Und zerschnitt ihre Brokatvorhänge, wenn ihr, nicht aber ihrer Geldbörse, nach einem mondänen Cocktailkleid war.

»Die Lou sei dir ein warnendes Beispiel«, pflegt mir ihre Schwester, die brave Tante Emma, die ihr Leben ganz »comme il faut« abgespult hatte, heute zu erklären, »sie hatte ein Ego so groß wie das ›Ambassador‹ und das verträgt nun einmal kein Mann auf Dauer. Für Genügsamkeit hatte sie einfach kein Talent ...« »Das Leben ist einfach zu kurz, um genügsam zu sein«, brach ich eine Lanze für Tante Lou und all ihre Waffenschwestern. »Du wirst auch noch einmal schön schauen«, seufzte meine Tante Emma jetzt etwas pikiert.

Jetzt stach ich zu meinem Spirituosenwagen und tat tüchtig Cognac in die Schwenker. Und schmetterte laut Tante Lous Lieblings-Trinkspruch, der da lautete: »Wer will schon morgens aufwachen und sagen müssen: Dieser Kater wäre einen Rausch wert gewesen.« »Wie ich immer sag'«, sagte meine Tante Emma jetzt mehr zu sich selbst, »ein Ego so groß wie das ›Ambassador‹ ...«

# Der Mann mit dem Schoß

Unsere persönliche Tante aus Amerika, D, arbeitet stetig an der Zukunft meiner Tochter. Einer Zukunft, die man mit dem Arbeitstitel »Marie Antoinette trifft Paris Hilton« umschreiben könnte. Zum Ehrentag lädt Tante D nicht, wie es sich für unsereins schicken würde, in die nächste Burger-Braterei, sondern in den letzten Stock des »Hasi-Hauses«, wie das Kind zufrieden anmerkt. Während das Gör also mit ihren Freundinnen im Do&Co Bärlauchschaumsüppchen mit Flusskrebsen löffelt, erklärt mir Tante D, dass es absolut spießig sei, Champagner glasweise zu ordern und schmettert fröhlich N's Wuchtel: »Was kost' die Welt – ich nehm' sie nämlich zwei Mal.« Ich trinke, um zu vergessen, dass ich demnächst mit dem Kind unschuldige Obdachlose aufzuscheuchen habe, damit ich sein soziales Sensorium wieder aus den Sphären der Abgehobenheit in die Realität zwinge.

Während ich so grüble, bemüht sich der für die Staatskasse zuständige Minister beim Betreten der Restauration nicht, nicht aufzufallen. Eines der Kinder hebt den Kopf aus dem Bärlauchschaum und zwitschert: »Schaut's einmal, der Mann mit dem Schoß ist da!« Ich fürchte, es war meines. O. k., zugegeben: Ich hoffe. Doch ganz abgesehen davon: Was für eine oberflächliche, gemeine Mediengesellschaft, in der wir da leben!

Da konnte Bill Clinton nahostkonflikteln, was er wollte. Ins kollektive Bewusstsein wird er immer als Mr. No-I-did-not-have-sex-with-Monica-Lewinsky und Chef des Oral Office eingehen. Und jetzt ereilt auch den Mann, der auf Biegen und Brechen versucht, unsere Heimat auf eine Art Gamsbart-Monaco zu trimmen, ähnliches Schicksal. Weswegen werden wir uns an ihn erinnern? Kristallklar! An die Fotos vom Pariser Flughafen, inklusive Rotwein und die Bellezza auf seinem Schoß. Da muss man ja froh sein, dass man nur am Gemüsestand seines Vertrauens (Frau Lorenz, Rochusmarkt) weltberühmt ist.

Ab morgen, Kind, gibt's übrigens Kohlschaumsüppchen mit flusskrebsfreier Buchstabeneinlage. Dir werd' ich geben!

## Lob der Echofrauen

»Solche Hummer für wirklich nix«, sagte B und schon zauberte seine Begleitung die Größe des günstigen Krustentiers in die Luft. »Natürlich«, fuhr B in seinem Erlebnisaufsatz »So sah mich Bali« fort, »sind dort die Leute arm, aber trotzdem so gut drauf … Den Teufel werd' ich tun und ein schlechtes Gewissen haben!« »Musst du auch nicht«, flüsterte die Begleitung, »du arbeitest doch so hart, mein Tigerchen!« Ich wollte mir nicht wirklich vorstellen, wie sich B das »Tigerchen« verdient hatte. Was hingegen Anlass zum Grübeln gab, war die Tatsache, dass die Echo-Frauen zurzeit wie die Sporenpilze schossen.

Mit Echo-Frauen definierte ich jene Spezies, die ihr Selbstverständnis im Part des Appendix ihres männlichen Begleiters fanden. Optisch durchaus im Status einer aufgebrezelten Supermacht, enttarnten sich diese Echo-Frauen in der Konversation als echte Krisengebiete. Der Mann gibt den Ton an und sie üben sich im Widerhall: »Wirklich aufregend, ein Wahnsinn!« und »Genau, so war's!« Also: Nicht dass man zur Fraktion der Hardcore-Feministinnen gehörte, aber irgendwo zwischen den kastrationsambitionierten BH-Verbrennerinnen und diesen personifizierten Faustschlägen ins Gesicht weiblichen Autonomiestrebens musste es doch einen Mittelwert geben.

»Erklär' mir bitte«, fragte ich den Mann, der mir nicht ganz einerlei war, »wie ihr sowas bei Tageslicht durchdrückt's?« »Diese Art von Schwäche macht stark. Solche wie du, die ständig die Gosch'n offen haben, machen keinen jünger ...« »Ich könnte dir den ganzen Tag zuhören, Liebling ... Welchen Wunsch kann ich dir so ganz spontan erfüllen?« »Sag' langsam und schön: Dich glücklich zu sehen, ist mir Selbstverwirklichung genug ...« »Und was, wenn ich mir dabei das Gaumenzäpfchen prelle?« »Dann rufen wir sofort die Tierrettung an ...« Ich verspürte einen starken Drang, schwach zu werden.

## Metrosexualität für Kinder

An diesem Sonntag wollte ich meinem Bildungsauftrag nachkommen. »Dürer in der Albertina, Schatzi?« »Thank you, but no thank you. Das Häschen kenne ich bereits ...« Auch die Haifisch-Doku im IMAX und die Pharaonengräber fielen für meine Tochter unter

Angebote, die man ablehnen kann. Seufzend schob ich »Pretty Woman« in den Recorder – jene moralische Fabel, in der Julia Roberts im Liegen bei Richard Gere klassenkämpferisches Stehvermögen beweist. Ich versprach meinem Kind, nicht zu weinen, wenn er ihr die Kreditkarte zur freien Verfügung überlässt.

»Mami«, fragte sie, »warum hat dieser Gere kein einziges Haar auf der Brust?« Mir fiel D ein, der für solche Momente das Bonmotscherl »...weil auf Granit kein Haar wächst« in petto hat. »Magst du Haare bei Männern?«, unterbrach sie meinen Gedankenfluss. »An den richtigen Stellen ...« »Wo?« »Nun, auf dem Kopf zum Beispiel. Schlimm sind so kleine Wolloasen in der Rückengegend.« Wir schüttelten uns in Eintracht. »Warum ziehen sich eigentlich jetzt so viele Männer wie Schwule an? Mit so bunten Hemdchen, viel Gel und so?«, wollte sie wissen. »Das ist die neue Metrosexualität. Männer wollen auch ein bisschen schön sein.«

Ich musste an meinen Freund H denken, einen verschrobenen Intellelo, der dieser Tage sogar eine Kosmetikerin aufgescheucht hat, auf dass sie ihm die Mitesser entferne, die es sich in seinem Antlitz seit dem Fall der Berliner Mauer gemütlich gemacht hatten. Und dann wiederum fiel mir G ein. G, ein Medien-Zampano, vibrierte zurzeit im Jamie Oliver-Wahnsinn und streichelte ein Thunfisch-Stück mit jener Verve, die Männer ansonsten nur für herrliche Frauenhintern zu mobilisieren imstande ist.

Dann sagte ich: »Männer kochen und schminken sich, Frauen lernen, gemein zu sein, und Reifen zu wechseln. Ein prächtiges Riesendurcheinander bahnt sich an.« »Klingt alles sehr anstrengend«, kuschelte sie sich in ihre Decke, »wir werden uns alle sehr warm anziehen müssen.«

# No sex, please

Vorweg: Ich finde »la Koller« an sich großartig. Hätten sich Franz Antel, Fellini und Truman Capote irgendwann einmal zu einer kleinen Absinth-Jause zusammen gesetzt, um gemeinschaftlich ein Geschöpf zu ersinnen, das Glamour und Unverblümtheit gleichermaßen personifiziert, wäre womöglich sowas wie Dagi Koller rausgekommen. Aber warum trägt das Prachtweib jetzt ihr Herz auf den Wühltisch der »Bild«-Zeitung und füttert die dort amtierenden Aasgeier mit der Meldung, dass sie seit elf Jahren keinen Sex mehr hatte, und das vor allem nicht mit ihrem Mann? O. k., »la Koller« ist immer wieder einmal 65, aber hören Frauen nicht erst ab 35 die Engelschöre singen, wenn man mir diese blumige Metapher für De-Luxe-Gipfelstürme bitte sehr nachsehen würde.

Ich sitze in meinem boudoirroten Satinpyjama mit dem frivolen Namen »Elaine« und blicke versonnen auf meinen kalten Kamin. Ich denke daran, dass es in sehr absehbarer Zeit auch schlammgrüne Baumwolle tun wird. Und dann denke ich an den kürzesten jüdischen Witz, den ich in letzter Zeit gehört habe. Frage: »Wie lautet das klassische Telegramm aus Tel Aviv?« Antwort: »Macht euch schon einmal Sorgen, Details folgen.« Da ruft mich die leicht hysterisierte BB an.

Ihr Opa, 88, eine Art Curd Jürgens-Raubkopie, mutierte zum Unruheherd im Altersheim. Seitdem er als »Conan, der Barbar« den zweiten Platz im Kostümwettbewerb gewonnen hat, simulieren jede Menge fidele 80-plus-Damen plötzlichen Kurzzeit-Gedächtnisverlust und legen sich mit der obsessiven Behauptung, dass das ihre eigene Ruhestätte wäre, in sein Bett. Naturgemäß – schließlich ist der Opa immer noch ein Mann – genießt er seine neue Existenz als Kommunen-Romeo, und brüllt dem Heimdoc, der sich um das Herz des »golden boys« langsam Sorgen zu machen beginnt, allenfalls das Hans Weigel-Zitat »Gegen platonisch bin ich allergisch!« zu. Meinem Weihnachtsfrieden steht nach diesem Alive-Bericht eigentlich nichts mehr im Wege.

## Innsbruck oder Kingshasa?

Ein rotgoldener Altweibersommer-Nachmittag in Altaussee. D und ich geben den Film mit dem Arbeitstitel »Liz Taylor schwächelt auf dem Zauberberg« und liegen unter »petit riens« von Plaids auf unseren Liegestühlen. Das beste aller Kinder durchschneidet die Idylle, in dem es Janis Joplin mit »Summertime« schändet. Möglicherweise wird das Kind ja doch nicht so eine materialistische, oberflächliche Haben!-Zicke, wie ich es an PMS-Tagen bin.

»Mama, Kirtag-Geld, bihitte!«, unterbricht das Kind den trägen Gedankenfluss. Der Kirtag, ein lieber Brauch der heimischen Feuerwehr, ist mit dem Slogan »Recht auf Rausch für alle« zu umschreiben. Kinder holen sich dort ihre dionysischen Erlebnisse durch exzessives Ringelspielfahren. »Ich gebe dir 15 Eulen, aber nur dann, wenn du zu deiner alten Mama später einmal nett sein wirst«, tune ich das Kind auf die Tatsache ein, dass das Leben immer was von einem Deal hat. »Das würde ich ja gerne, ehrlich«, antwortet das Kind, »nur werde ich dazu leider wenig Gelegenheit haben. Du wirst nämlich in Innsbruck oder in Kingshasa wohnen. Ich brauche den Abstand. Ich schicke dir aber regelmäßig Wolle, damit du für deine drei Enkel Anatol, Elias und Frederik kleine Häubchen stricken kannst.« »Ich kann nicht einmal Maschen anschlagen«, versuche ich mein düsteres Schicksal abzuwenden, »und wieso überhaupt Innsbruck und Kingshasa?« »Weil in Innsbruck nichts passiert. Das ist gut für deinen Blutdruck. Und in Kingshasa auch nicht, nur anders.« Ich bin außer mir. Da hat man unter Schmerzen Leben geschenkt und dann pisst einem dieses Leben auf den Scheitel.

»Die 15 Eulen kannst du dir jetzt mit Faber-Castell an die Wand pinseln«, erkläre ich ihr, »die kommen nämlich in den Altweibersommer-Fond …« D hingegen strahlt: »Tausend Rosen, Stella. Komischerweise ist das lästige Ticken meiner biologischen Uhr eben verstummt. Wie viel Geld brauchst du?«

# 2. Das Nougatauge

Instinktiv hatte der Nougat erkannt, dass solche wie ich nicht zu verstehen, sondern einfach zu behandeln sind.

*

Richten Sie meinem Unbewussten schöne Grüße aus«, erklärte ich meiner Therapeutin, »aber es kann mich mal, bitte sehr.«

*

Ziemlich sicher kann man sich auf das Nougatauge überhaupt nicht verlassen, aber wie man sich auf es nicht verlassen kann, ist hinreißend.

*

Ich entblödete mich jetzt nicht, Zuflucht an seiner Brust zu nehmen und schluchzte: »Ich habe es sowas von satt, eine starke Frau zu sein. Es ist ein so undankbarer Job.« »Aber irgendeiner muss ihn doch tun«, antwortete er.

*

So ging's dahin, bis uns endlich die Worte fehlten. Fehlende Worte sind oft von ungeahnter Schönheit.

# Bestechendes Augenmaterial

Also Party. Man betritt das Gelände und parkt sich dann mit einem Getränk erstmal zum Aufwärmen bei seinen Mädels ein. Beim unschuldigen Scherz-Surfing bekommt man plötzlich von links hinten einen Blick verpasst, der von einem Könner abgeschossen wurde.

Der Blick des Könners zeichnet sich dadurch aus, dass er einem für die winzige Ewigkeit von 0,8 Sekunden die Illusion vermittelt, dass man die einzige Frau auf diesem Planeten ist. Man verwirft die lästige Gewissheit, dass der Könner garantiert an diesem Abend auch schon den restlichen 78 Weibern in diesem Saal jenes Gefühl zu vermitteln imstande war. Der Könner sieht so aus, dass sich in meinem Kniebereich so eine Marshmallow-artige Weichheit breit macht. Ich werde mit meinen Knien später ein ernstes Wörtchen reden. Der Könner verströmt die Aura eines Mannes, der einem noch im Sturzflug einer außer Kontrolle geratenen Boeing versichern würde, dass einem diese Sauerstoffmaske so übel auch wieder nicht steht.

Ich versuche ihm einen am Rande des Desinteresses scheuernden »Alles klar, Herr Kommissar«-Blick zurückzuschicken. Der Versuch geht völlig in die Hosen: Ich erröte Marke »Rosenresli« und senke verschämt die Äuglein zu Boden. Das lasse ich mir von mir nicht gefallen. Also steche ich zum Könner, der von soviel schnörkelfreiem Feedback etwas aus dem Konzept geschleudert scheint, und deponiere Folgendes: »Jetzt mal ganz unter uns: Sie sind doch nur an schnellem, oberflächlichem, seelenlosem Sex, ohne Frühstück und Hinterlassung einer relevanten Telefonnummer, interessiert ...« »Nein, überhaupt nicht«, stammelt der Könner, der übrigens bestechend nougatfarbenes Augenmaterial sein Eigen nennt. »Das ist aber höchst bedauerlich«, grinse ich und lege den Rückwärtsgang ein.

»Mohoment«, sagt der Könner, der offensichtlich mit dem ausgestattet ist, was am Ende des Tages doch das effizienteste aller Aphrodisiaka ist: Humor. Worauf jetzt wieder mir ein wenig das Lachen verging. Aber davon ein anderes Mal.

## Keine Rezeptecke in der »Spatzenpost«

Ich habe Ihnen doch neulich von diesem Na-ja-Sie-wissen-schon erzählt. Noch habe ich alles im Griff. Nicht nennenswertes Teintrötungsaufkommen, wenn der Mann telefonisch um eine zwanglose Begegnung ansucht. Ob ich nächste Woche Zeit habe? Haha! Glaubt der, dass ich bei der »Spatzenpost« die Rezeptecke betreue oder was? »Es tut mir so wahnsinnig Leid«, höre ich mich sagen, »aber nächste Woche ist die Hölle los. Könntest du mir vielleicht ein paar Terminvorschläge für übernächste Woche mailen?«

Die Mail-Nummer habe ich mir von meiner Freundin D geborgt. Sie findet, dass das Kompetenz, Zielstrebigkeit und Unbeeindrucktheit signalisiert. Der Mann hat nicht nur wunderschöne Augen (»Extrem-Nougat« würden die Trend-Doyennen das benennen), sondern auch Humor. Einen Humor, der meinen Zickenalarm nicht einmal ignoriert. »Ich bin ganz bei dir«, sagte er, »wer für alles offen ist, kann nicht ganz dicht sein. Und Zeit ist das neue Geld. Also wann?« Instinktiv hatte er erkannt, dass solche wie ich nicht zu verstehen, sondern einfach zu behandeln sind.

Nach dem Ausdealen des Termins musste ich mich setzen. »Cool bleiben, Beste«, flüsterte ich mir zu, »du wirst diesmal einmal alles ganz richtig machen.« »Und wie bitte soll das gehen?«, fragte mich mein pragmatisches Ich, »du kleine Klugscheißerin bist doch schon jetzt ganz gaga …« »Nun ja, wenn du mich so schnell fragst …« Jetzt warf sich meine interne Vernunft in Pose: »Also Enthusiasmus-Pegel erst einmal hinunterfahren, anhaltendes Verharren im prae-flirtativen Bereich, sich dem einen lange enthalten, denn schnell kommen, kann man ja schließlich mit jedem …« »Weißt du was?«, fauchte ich ihr jetzt zu, »du kannst mich einmal. Schließlich hat der Nougat-Beau deutlich angemerkt, dass Zeit das neue Geld ist.« »O. k., o. k.«, wurde meine bessere Hälfte jetzt endlich kleinlaut, »dann bleib' ganz einfach spontan!« »Bravo!«, jubelte ich jetzt, »so kann ja endlich wieder alles schief gehen.«

# Nicht in dich, du Depp

»Rette mich«, piepste ich in einem Stimmtimbre, das die Mobilisierung seiner Schutzinstinkte initiieren sollte, »ich bin eben dabei, mich zu verlieben.« Er ließ die Stäbchen in den japanischen Suppentopf plumpsen: »Bist du verrückt? Es lief doch alles bis jetzt so gut zwischen uns!« »Nicht in dich, du Depp«, schnellte ich wieder in das Genre des Flintenweibs, »in diesen Von-dem-ich-dir-schon-ein-paar-Mal-erzählt-habe.« »Was hat er, was ich nicht habe?« »Ein Lächeln, für das eine Heilsarmeeistin jederzeit die Klingelkasse knacken würde, und, bitte schön, wunderschöne Augen, intensives Nougat könnte man sagen …«

»Herr Ober, bitte eine neue Nahrungsaufnahmegefährtin«, brüllte er, »die hier leidet nämlich an hormonellen Vergiftungserscheinungen.« »Psst«, zwischerte ich, »er ist wirklich so schnuckelig!« »Ausdrücke sind das! Wie von einer Pubertierenden aus Kagran! Weiß der Mann schon von seinem Unglück?« »Nicht so wirklich, ich bin nämlich ziemlich schüchtern.« »Adler und schüchtern! Und der Papst ist ein Jude und Udo Jürgens steht auf Frauen über fünfzig.« Ich schwieg verschämt.

Er schon wieder: »Ich als dein Karriere-Coach werde dir jetzt eines verraten: Du hast überhaupt keine Zeit für diesen Firlefanz. Romantische Liebe ist sowieso nichts als eine Illusion. Die Person, von der wir fälschlicherweise annehmen, dass wir sie lieben, ist nichts als eine leere Leinwand, auf die wir unsere Gefühlsdefizite projizieren. Das Ganze ist eine absurde Überreaktion und entbehrt jeglicher Verhältnismäßigkeit gegenüber dem vermeintlichen Auslöser. Der Irrsinn dauert höchstens eineinhalb Jahre, und schon sitzt du in einer emotionalen Ausnüchterungszelle und wünscht dir, dass du diesen Menschen besser nie getroffen hättest.« »So kann nur einer reden, der diese Augen nie gesehen hat«, flötete ich unbeeindruckt. »Nougat-Nepp hin oder her«, kläffte er jetzt, »sei ja nett zu mir, denn du wirst mich noch brauchen. Hey, hallo, hörst du mir überhaupt zu?«

## Urlaub von der Seele

»Wissen Sie«, sagte ich fast geniert zu meiner Therapeutin, »ich bin gerade so vertrottelt glücklich, dass ich gar nicht weiß, worüber wir eigentlich reden sollen. Keine Probleme, so sehr ich mich auch bemüh'.« Sie sah mich missbilligend an: »Das glauben Sie. Ihr Unbewusstes hat davon aber keine Ahnung.« »Klarer Fall von Übertragung«, dachte ich mir, behielt den Satz aber und sagte: »Richten Sie meinem Unbewussten schöne Grüße aus, aber es kann mich mal, bitte sehr.« »Ihre Seele ist das einzige Haus, aus dem Sie nicht ausziehen können«, ließ sie so gar nicht locker und fand es auch nicht komisch, als ich ihr zum Abschied »Es ist vorbei ... Goodbye!« zuträllerte. Wahrscheinlich kannte sie das herrliche Lied »Du bist schön von hinten« auch gar nicht.

»Ich habe Schluss gemacht«, verkündete ich dem Kandidaten für einen Logenplatz in meinem Herzen, als wir abends im »Cinqueterre« Flusskrebse vernichteten. »Interessant«, merkte das Nougatauge an, »womit eigentlich? Der Hoffnung, deiner Bank, der All-you-can-eat-Diät?« »Meiner Therapeutin … mich nervt dieses Psycho-Gefudel. Außerdem bin ich fast ein wenig glücklich.« Er sah mich erschreckt an. »Bitte nimm's ja nicht persönlich«, flötete ich, »es sind nur die Hormone, es hat gar nichts mit dir zu tun.« »Auf diesen Satz haben wir Männer ein Monopol. Finger weg!« »O. k. Ich könnte dir ein Jobangebot als meine Klagemauer machen. Jetzt, wo ich meine Therapeutin gefeuert habe, ist die Stelle vakant.« Er sah auf die Uhr: »Sag' und wann kommt eigentlich der Bus mit den Leuten, die das interessiert?« Nicht zu domptierender Verfall meinerseits. Dann schickte er ein Lächeln, in das ich zu köpfeln versucht war: »Wohldosiertes Desinteresse ist angeblich noch immer das verlässlichste Aphrodisiakum.« »Selber Finger weg! Auf diese Nummer haben wir Weiber seit 2000 Jahren das Hauptmietrecht.«

So ging's dahin, bis uns endlich die Worte fehlten. Fehlende Worte sind oft von ungeahnter Schönheit.

## Anna Karenina an Gummibärchen

Nach dem »Nougatauge«-Date schnallte ich mir die High Heels ab und schlich mich ins Schlafzimmer. Das Bett war von einem eigenwilligen Stillleben dominiert, daneben schnarchte mein Fortpflanz.

Ein schon etwas lauwarmer Häschen-Thermophor lag neben einer Ausgabe von Anna Karenina, rundherum Gummibärchen.

»War's schlimm?«, fragte sie im Dämmerzustand.

»Danke der Nachfrage. Was soll das alles eigentlich hier?«

»Wenn Nanny Fine ein Date hat, legen ihr die Kinder immer einen Liebeshaberroman, eine Wärmeflasche und Brownies ins Bett. Wir haben keine Brownies, deswegen habe ich mir für dich Bärchen als Tröster überlegt.«

»Ich brauche aber keinen Trost.«

Jetzt war sie hellwach: »Himmel, willst du den etwa heiraten?«

»Ich will keinen Skoda-Kombi, keinen Wandverbau und schon gar nicht heiraten.«

»Warum machst du dir dann die ganze Mühe?« Ihr Blick schweifte über das Paar Patrick Cox-Stilettos, mit denen man fast alles außer gehen kann, und die anderen Relikte der Bemühung, nach jemandem auszusehen, der man sowieso nie sein wird.

»Die Mädchen in den Vorabendserien haben immer Dates«, fuhr sie fort, »weil sie die Hoffnung nie aufgeben werden, einmal keine mehr zu haben.« Autsch!

»Mama«, fuhr sie fort, »was ist eigentlich ein Date?«

Ich sagte jetzt nicht: Ein unter dem Etikette der Nahrungsaufnahme getarnter Vorwand für späteres Paarungsverhalten, währenddessen in seinem Kopf Sätze wie »Wie sieht die wohl nackt aus?«, »Muss ich die ganze Rechnung übernehmen oder ist die emanzipiert?« oder »Oh Gott, sie liebt französische Problemfilme, solche machen immer Probleme ...« abgehen. Wogegen in ihrem Innenleben ungefähr folgender Fragenkatalog aufgeworfen wird:

»Ob er das Zeug zum Vater meiner Kinder hat? Dieses Hemd ist ein Supergau. Oder: Wenn er jetzt noch einmal von seiner Ex anfängt, hat er das Gazpacho im Deckhaar.«

Nein, das sagte ich nicht, sondern: »Ach, das ist nur so ein Geplauder.«

»So, so schöne Schuhe für das bisserl Geplauder«, seufzte sie und entschlummerte.

## Catch me, if you can

»Ha«, johlte das Nougatauge bei seiner ersten Begehung meiner Wohnung, »was ist das denn?« und fischte sich vom Wäscheständer das Ding. Das Ding war ein in munterem Leopardenmuster gehaltener G-String, dessen Vorderseite von dem Konterfei eines grimmig blickenden Raubtiers inklusive des Imperativs »CATCH ME, IF YOU CAN!« gekrönt war. Idiotischerweise wurde ich jetzt scharlachrot und piepste: »Der gehört nicht mir, ehrlich nicht!«

»Ja, ja, sicher«, sagte er, »wahrscheinlich hat ihn dein transsexueller Installateur bei seinen letzten Wartungsarbeiten einfach so vergessen. Wenn du nicht ganz honigkuchenlieb bist, sag ich's jetzt denen da draußen und zwar flächendeckend.« Er begann am Fenstergriff zu nesteln. »Du bist soho gemein. Der gehört meinem Kindermädchen. Ich trage schwarzes Satin.« »Schon Karl Kraus«, warf sich der personifizierte Sargnagel jetzt in Pose, »sagte, man solle Frauen nicht nur nach ihrem Äußeren beurteilen, sondern auch nach ihren Dessous.«

»Gilt das auch für Männer und ihre Socken?«, fragte ich und deutete auf sein mit einem grinsenden Hummer besticktes Beinkleid.

»Ein Geschenk von meiner Nichte aus Boston«, motzte er zurück, »man kann sich seine Verwandten nicht immer aussuchen und außerdem ist meine Waschmaschine zur Zeit indisponiert. Es war das letzte Paar im Schrank.« Dann betrachtete er das Bücherregal in meinem Schlafzimmer, auf dem das Elefantenpaar Celeste und Barbar, der Bär Paddington und das Häschen Peter Rabbit, alles in Plüsch gehalten, thronten. »Aha«, flötete er, »so sieht also das Boudoir einer der angeblich größten Zynikerinnen dieser Stadt aus.« »Ich musste sie retten«, schluckte ich, »meine Tochter wollte sie schon ins Integrationshaus schleppen. Ich bin eben noch nicht bereit, ihrer Kindheit adieu zu sagen.«

Und dann heulte ich los. Einfach so. Und musste an Konstantin Wecker denken, der mir in einer rotweinschweren Interviewnacht den Satz geschenkt hat: »Am Ende des Tages ist man nicht annähernd so besonders, wie man immer geglaubt hat.«

# Angst vorm beige sein

Beklemmung allerersten Grades angesichts des Tannenzweig- und Goldschleifchenterrors, der sich selbst in den coolsten Hütten der Stadt breit macht.

»Nichts wie raus hier«, flüstere ich dem Nougatauge beim verschwiegenen Italiener, »der Nussknacker da hinten sieht aus wie Hannibal Lecter und dieser Duftkerzengestank verursacht sicher Migräne.« »Oh, Migräne«, er jetzt wieder, »sind wir schon so weit?« »Ich arbeite an meinem Recht für schickes Kopfweh, denn wie schon Zsa Zsa Gabor so richtig anmerkte: ›Wenn du dich nicht wie eine Diva benimmst, wirst du auch nicht wie eine behandelt.‹« Über der Tür baumelt ein Mistelzweigchen. Er lächelt so frech, dass mir die Divensache ratzfatz entgleitet. Ich sammle mich: »Nicht einmal andenken. Wenn du mich jetzt unter diesem Ding küssen willst, kann ich dich nie wieder ernst nehmen.« Also küsst er mich. Und dann sagt er: »Wie läuft's denn eigentlich so in der neuen Therapie?« »Mein Therapeut hat Liebeskummer. Deswegen akuter Stillstand im Selbstfindungsprozess.« »Wenn er sich wieder gefangen hat, solltest du mit ihm vielleicht einen Feldzug gegen deine Spießerparanoia antreten.«

Trotzlippe: »Ich will halt nicht so werden wie die.« »Wer sind die?« »Na diese beigen Frauen, die Tannenzäpfchen mit Goldspray foltern, weiße Blusen und gerade Lidstriche tragen, ihre Fotos in Alben kleben und überhaupt alles im Griff haben.«

Strenger Blick: »Ich als Gelegenheits-Tourist deiner Psyche verrate dir schon jetzt ein Geheimnis: Die Chancen, dass du zu so einer weißbeblusten Beigen wirst, sind relativ gering. Entspann' dich einfach.« Ich entspannte mich so sehr, dass ich Weihnachtsmannleuchtketten und Engelshaarstauden erwarb und beschloss, mich ohne Rücksicht auf Imageverluste der Umweihnachtung volle Kanne hinzugeben. In diesem Zustand kann man sich nämlich auch ohne gröbere Probleme unter einem Mistelzweig küssen lassen. Es ist sogar erschreckend einfach.

## Schützenparanoia

Bitte schön, verraten Sie uns nicht. Aber unsere Gegenwart wird gerade vom Zukunftsterrorismus torpediert.

F und ich haben sämtliche Tussi-Postillen eingemarktet und betreiben vergleichende Horoskop-Forschung. Die Liebesaussichten für den Fisch sind 2005, ganz unter uns, schlammig-trüb, weil Venus ihm den Mittelfinger zeigt und Jupiter sich ins Koma zurückgezogen hat.

Deswegen bin ich kleines Astro-Luder mit fliegenden Fahnen zu meinem Aszendenten übergelaufen: ja, ich bin ab jetzt Skorpion, aber sonst sehr sauber. Die Fische-Nummer mit der Einfühlsamkeit und dem Dulderwahnsinn geht mir nämlich schon längst sowas von auf den Rettich.

Skorpione haben die Lizenz zum Töten, Gemein- und rücksichtslos Libidinössein obendrein. Ist mir viel sympathischer. »Aah«, raschelt F jetzt mit dem Zentralorgan für progressive Friseusen, »ein Schütze wird wie ein Orkan über den Skorpion kommen. Fasten seat belts, it's going to be a bumpy night.«

Letzter Satz stammt übrigens von Bette Davis im liebsten aller Lieblingsfilme »All About Eve«, ehe sie durch Volltrunkenheit zum Schreck ihrer eigenen Party mutiert. »Alles nur keine Schützen mehr«, brülle ich nun, »ich werde 2005 auch immer nicht aufessen, CDs sofort in die Hüllen geben und keine Deadline überziehen.«

Schützen waren in meiner Liebesbio nämlich ausnahmslos das Ticket für das Reiseziel Hölle einfach. Sollten Sie gerade einen von diesen egomanischen Bindungsparanoikern im Visier haben, retten Sie sich jetzt. Und verhandeln Sie da oben um Krebs, Waage oder Jungfrau – langweilig, aber magenschonend.

»Was ist denn der Herr Nougat?«, fragte mich F nach dem Mann, dem ich zurzeit unter größter Anstrengung die kalte Schulter zeige.

»Frag' mich nicht!«, seufzte ich, denn die Diktatur der Serie hatte natürlich schon wieder einmal zugeschlagen. Aber muss man, darf man als Frau von Welt dieses ganze Sternzeichen-Gefudel überhaupt ernst nehmen?! Na also!

# Tierkreiszeichen Nudelaug'

Hilfe! Es ist die »Ich-werde«-Saison ausgebrochen. Wäre ich so ein Gelmanipulierter aus der PR-Branche, würde ich diese Phase als Evaluierung meiner Priority-Checkliste bezeichnen. Aber ich bin ich, und das ist schlimm genug. 2005 soll für Menschen, die dem Tierkreiszeichen Nudelaug' angehören, angeblich alles viel leichter werden, weil Venus endlich wieder über uns strahlen wird. Wo war das alte Luder eigentlich die letzten vier Jahre? Künstlicher Tiefschlaf, heftiges Burn out, hä? Egal. Ich werde also, weil so kann es ja nicht mehr weitergehen.

Apropos: Letzten Samstag habe ich mit vier Freundinnen das militante Anti-Punsch-Movement gegründet, indem wir uns im »Finsteren Stern« in einem Bottich Champagner ersäuften. Und zwar dermaßen, dass fünf ausgewachsene Frauen, die alle in ihren Branchen noch relativ ernst genommen werden, sich gegenseitig den Reim »Hello, my name is Meryl Streep, please leave a message after the beep!« auf die jeweilige Mailbox singbrüllten. »Es ist nie zu spät, um eine glückliche Kindheit zu haben«, sagt the artist formerly known as Dr. Ostbahn.

Und dann werde ich 2005 immer wieder nicht aufessen, und mehr Mut zum Mut haben. Ich werde zum Beispiel den deutschen TV-Redakteur einfach fragen, wo das Gerüst steht, von dem er gefallen ist, wenn er von meinem Scriptpartner und mir »mehr Momente moderner Zärtlichkeit« einfordert. Ich werde davon Abstand nehmen, ein »Fuck yoga«-T-Shirt im Fitness-Center meines Vertrauens zu tragen.

Ich werde hiermit den Lesebefehl für »Wie Barney es sieht« von einem, inzwischen seinem Alkoholismus erlegenen, Herrn Richler erteilen. Und generell, so flüstere ich dem Nougatauge, als es den Fluchtweg in lebkuchenfreie Weihnachten auf Bali antritt, werde ich mich bessern, ganz sicher. »Untersteh' dich«, kläfft das Nougatauge und da wusste ich, dass man vor allem Menschen in seiner Nähe braucht, mit denen man alle guten Vorsätze zur Hölle schicken kann.

## Loslassen ist nicht

Das Nougatauge meldet sich aus dem asiatischen Raum, um mitzuteilen, dass alles im lindgrünen Bereich ist – mit den bunten Drinks und den Sonnenaufgängen. »Mir fällt jetzt wirklich ein Atlasgebirge vom Herzchen«, plärre ich in den Hörer, »ist auch mit den mandeläugigen Schönheiten alles im Lot?« »Du klingst nicht wahnsinnig relaxed«, flötet das Nougatauge, »lern' doch einfach richtig loszulassen.«

Letzteren Satz liebe ich so sehr wie lauwarmen Weißwein oder bequeme, also hässliche Schuhe. Ich meine, ich möchte das Nougatauge jetzt nicht mit meiner akuten Via dolorosa in Altaussee belästigen. Aber: Eine liebeskranke Freundin liegt mit einer Augenmaske in meinem Bett und hört Nick Cave in der Endlosschleife. Ihre Agonie wird nur durch die wahlweisen Fragen »Wird er zurückkommen?« oder

»Kann ich in diesem verdammten Saftladen noch etwas Gin mit ein bisschen Tonic kriegen?«, unterbrochen. Unten hat meine Tochter mit ihren fünf besten Freundinnen einen Janis Joplin-Singalike-Contest eröffnet und trällert ekstatisch »Oh Lord, won't you buy me a Mercedes Benz?«, auch das in der Endlosschleife. In unserer Küche lungern vier an sich besser entfernte Bekannte, die sich zufällig in der Nähe befanden und wirklich aber nur, wenn's keine Umstände macht, sehr gern zum Abendessen bleiben würden. Unsere Nachbarn brauchen Ansprache, weil ein Fuchs sein Aggressionsmanagement nicht unter Kontrolle und alle Hühner gerissen hat. Ich habe dieses Domizil eigentlich angemietet, um vor allem Abstand zu gewinnen. Falscher Plan. Wo kann ich bitte einen Asylantrag stellen?

Das Nougatauge flüstert jetzt: »Bist du noch da? Du sagst ja gar nichts!« Ich schluchze leise: »Weil ich müde bin.« »Wovon?« »Na, vom Leben!« Dann sagte er: »Wenn ich wieder komme, bist du besser sehr ausgeschlafen.« Und da wusste ich: Ziemlich sicher kann man sich auf das Nougatauge überhaupt nicht verlassen, aber wie man sich auf es nicht verlassen kann, ist hinreißend.

# Zickenalarm

Dieser Journalisten-Job ist wirklich prickelnd. Ständig neue Gesichter, ständig Abwechslungen. Auf meinem Schreibtisch stapeln sich fetzige Einladungen. Eine sanft ästhetische Chirurgin lockt mich, unterstützt von einer Wäschemodeschau und einem Karibik-Buffet, in ihre Ordination; ein Elektronikunternehmen möchte mir die Sieger eines Designwettbewerbs für Waschmaschinen näher bringen; irgendeine Forstinnung lädt zu einem launigen Beisammensein anlässlich eines Besorgnis erregenden Themas (Brennpunkt Klimawandel: »Mahagoni statt Kiefer«), tröstet aber gleichzeitig mit dem Satz »Liebe Medienpartner … für das leibliche Wohl ist gesorgt.«

Die liebe Medienpartnerin leidet schon an klimakterischen Veränderungen, dachte sich wahrscheinlich die PR-Dame, die die heikle Mission der Lancierung eines Kandisin-Kochbuchs innehatte, als ich ihr die dazu in Aussicht gestellte Pressekonferenz telefonisch wie folgt kommentierte: »Meine Liebe, ich bin jetzt 42 und deswegen in fast pathologischen Ausmaßen an einem ökonomischen Umgang mit meinem Energiereservoir interessiert. Aber trotzdem: Toi, toi, toi und liebe Grüße an das Kandisin!« Man ist ja definitiv nicht ausschließlich auf die Welt gekommen, um geliebt zu werden. Außerdem: So kurz wie das Leben jetzt ist, war es noch nie zuvor.

Der Nougat-Beau findet, dass ich ziemlich arrogant bin und es auch noch einmal billiger geben werde. »Mein Lieber«, flötete ich in sein Ohr, »diese Arroganz ist nicht einfach so bei der Tür hereinspaziert gekommen. Die habe ich mir hart und bei harschem Gegenwind erarbeitet. Wir zwei, meine Arroganz und ich, sind durch nichts und niemanden auseinander zu reißen.« Da das Nougatauge bei der Vergabe des Galgenhumors mehrfach »Hier!« geschrien hatte, knallten ihm auch angesichts dieses Zickenalarms keinerlei Sicherungen durch. Er sagte nur: »Bis d' heiratest, ist alles wieder gut. Versprochen!« Frech, aber herzlich, der Herr Nougat, rein wuchteltechnisch betrachtet.

## Starke Schwächeanfälle

Schweren Herzens entschloss ich mich dazu, ein leichtes Leben zu führen. C hatte mich auf die Idee gebracht. »Am Ende des Tages«, hatte sie gesagt, »bringt dich diese ›Ich-habe-alles-im-Griff‹-Nummer doch nur genau nach Neverland. Reiß' dich ein bisserl zusammen und entwickle Mut zur Schwäche, Pollylili.« Also begab es sich, dass Klein-Pollylili trachtete, die Schutzinstinkte beim gegnerischen Geschlecht aus dem Dornröschenschlaf zu küssen.

»Oooh«, hauchte sie dem ÖAMTC-Pannenhelfer zu, der mitten in der Pampas ihren Platten behob, »so ein schwerer Wagenheber und so schnell montiert! Ihre Frau ist sicher sehr stolz auf Sie.« Das kam insofern nicht so gut, als dass die Frau des Pannenhelfers gerade mit ihrem Ayurveda-Masseur durchgebrannt war. Weil sie das Öl lieber auf ihrem Kopf als auf dem

Overall ihres Gatten hatte. Aber ansonsten volle Häuser mit der Nummer. Als ich mit meinem neuen iBook auf Grund von Identifikationsschwierigkeiten seitens des Providers nach Tagen immer noch nicht mailen konnte, schluchzte ich dem Techniker einfach ins Handy: »Alle sind so böse! Böse Apples, böse Uta, böse, böse Service-Hotline ...« Und siehe da: Der gute Mann war zwei Herzschläge später da und murmelte auf mich ein wie auf einen frisch geschlüpften Kolibri. Irgendwann gingen mir wegen allzu großen Erfolgs die Pferde durch.

Als ich eine geschmorte Lammkeule mit Sätzen wie »Oh, du bist aber ein starker, souveräner Hammel« anwinselte, wollte sich meine Tochter von ihrem Vater evakuieren lassen. Und das Nougatauge, seines Zeichens ein bisschen verheiratet, flüsterte mir nur, dass er mich für die Dauer meines schizophrenen Schubs nicht mit seiner Anwesenheit belasten wolle, denn so eine Vollweibi-Variante hätte er schließlich zu Hause sitzen und zwei Exemplare dieser Spezies würden selbst den stärksten Mann umwerfen. Da verliebte ich mich wieder eine Kolibri-Länge in ihn.

## Vertschüss' dich, Verstand!

»Was macht eine Frau wie Sie auf einer beschissenen Veranstaltung wie dieser?«, sagte der Typ und hob lächelnd das Karottenstiftchen auf, das mir vor Schreck aus der Hand geglitten war.

Schreck deswegen, weil ich mein Flirtverhalten seit geraumer Zeit eingemottet hatte und ziemlich aus der Übung war. Andererseits: Der Nougat sollte für seine akute »Ich-brauche-etwas-Abstand«-Nummer nicht straffrei ausgehen. Anstatt jetzt einen flamboyanten One-Liner aus der Hüfte zu schießen, würgte ich uninspiriertes Gedönse à la »Diese Schuhe waren weiß Gott nicht billig und brauchen ein Forum« aus dem Rachenraum. »Gute Schuhe, sehr gute Schuhe«, bemerkte der Typ nach fachkundiger Musterung, »echte Bette Davis-Fahrgestelle. Mögen Sie Bette Davis?« »Ich robbe vor dieser Göttin auf den Knien«, sagte ich. »›Was geschah wirklich mit Baby Jane‹ ist mein Inselfilm«, vermeldete der Typ und schleuderte das Bette-Davis-Zitat »Ich war meiner selbst immer so sicher, dass alle Unsicheren mich als Bedrohung empfunden haben« hinterher. Ich wachte langsam auf. Der Mann war Ende vierzig, doch sein Körper negierte diese Tatsache auf wohltuende Weise, schöne Hände, eigentlich hinreißende Hände, er konnte Bette Davis-Monologe auswendig und besaß jene souveräne Aufmerksamkeit, die zur Folge hatte, dass mir jetzt ein Saalpinguin eine Champagnerflöte unter die Nase hielt. Das Nougatauge, ohnehin in letzter Zeit etwas spröde, konnte sich schon einmal sehr warm anziehen. Verlegen umklammerte ich das Glas, das ich zuvor reichlich rustikal in einem Zug geleert hatte.

»Hören Sie«, räusperte ich mich jetzt, »ich muss morgen früh raus ...« »Wer ständig an die Zukunft denkt, verpennt die Gegenwart«, flüsterte er mir jetzt ins Ohr und schon hatte ich den nächsten Champagner unter der Nase, »wenn Sie mir hoch und heilig versprechen, nicht nach meinem Sternzeichen zu fragen, werde ich mir eine unpeinliche Nummer einfallen lassen, um an Ihre Nummer zu kommen.« Meine Freundin E hat für diese Momente immer einen kleinen Ohnmachtsanfall in petto, doch ich flüsterte nur: »Wenn Sie mir hoch und heilig versprechen, kein Schütze zu sein, würde ich mich jetzt noch zu einem Gläschen breitschlagen lassen.«

Und insgeheim brüllte ich meinem Verstand zu: »Vertschüss' dich, du Langeweiler, du hast hier jetzt nämlich sowas von Sendepause!«

## Der Nuttenbrause-Karli

Erinnern Sie sich noch an den Champagner-Flötisten von letzter Woche? Das Nougatauge findet, dass die Wiedergabe solcher Flirt-Schnurren in der freien Wildbahn einer erwachsenen Frau nicht würdig wären. Und überhaupt … was kann dieser Champagner-Karli eigentlich sonst noch – außer Nuttenbrause zu kredenzen und labbrige One-Liner aus seiner ohnehin mit Sicherheit müden Hüfte abschießen? Mein Ego spannt die Karren für einen monumentalen Triumphzug an. Das Nougatauge, dessen zweiter Vorname an sich Coolio lautet, hat Besuch vom grünen Gespenst bekommen. Jene Metapher ließ sich William Shakespeare für die Eifersucht einfallen, als er eines Nachmittags nichts Besseres vorhatte.

»Du wirst doch jetzt nicht von diesem kleinbürgerlichen Besitzdenken angeknabbert werden«, fragte ich das Nougatauge, das mir immer wieder erklärt hatte, dass es ökonomisch einfach unklug wäre, seine ganze Liebe auf nur eine Frau zu konzentrieren. Wo käme man denn da hin? Vielleicht zur Heilsarmee, aber die kochen dort angeblich nicht so besonders. »Das täte dir so passen«, nölte er jetzt trotzig, »aber mein innerer Othello schläft, um nicht zu sagen: Er liegt im Koma.« Nach einer Schmoll-Pause: »Triffst du den Nuttenbrausen-Karli wieder?« »Hoffentlich mitten ins Herz«, antwortete ich langsam, denn ich wollte mir jede Tausendstelsekunde der Nougataugen-Unruhe auf der Seele zergehen lassen.

Was ich ihm verschwiegen hatte: Ich hatte den Karli bereits in seiner Wohnung besucht. Er hatte sich rasant schnell selbst getötet, indem er mich bat, Hausschuhe anzuziehen, damit sein erdnussfarbener Spannteppich schmutzfrei bliebe und in seinem CD-Player steckte eine »Best of« von Whitney-fucking-Houston. Doch diese Exkursion in den geschmacklichen Abgrund verschwieg ich; schließlich wollte ich den inneren Nougat-Othello aus seinem unverdienten Dornröschenschlaf küssen.

## Nougats bis zum Abwinken

Marokko also. Wenn D und ich vollgedröhnt mit Minzteechens nachts in unsere Laken kriechen, gönnen wir uns noch ein halbes Stündchen arabisches MTV. Dort herrscht voller Nougataugenalarm. All die Eros und Udos des Morgenlands schmachten sich in dilettantischen Glamour-Settings weg, als ob es kein Morgen gäbe. Und unisono besitzen sie megamelancholische Fenster zur Seele in jener Braunschattierung.

»Liebes«, vermelde ich meinem Nougatauge telefonisch, »es geht uns kolossal. Jetzt die schlechte Nachricht: Solche wie dich gibt's hier bis zum Abwinken.« »Wenn du jetzt hier meine Einzigartigkeit in Frage zu stellen beginnst«, grummelt das Nougatauge, »dann bleib' doch, wo der Safran wächst. Aber merke: Sobald der Muselmann an sich die Frau erobert hat, behandelt er sie im Fluge schlecht.« Für derartigen Spaß verderbenden Rassismus haben wir jetzt wirklich keinen Kopf. Denn wir müssen Perlenpantoffelchen und Kaftans in der Medina einmarkten.

Während unserer Anprobierexzesse betritt ein Pärchen den Laden. Sie, eine Französin, die ihre besten Jahre mit eisernem Griff umklammert; er ein junges, gefährliches, örtliches Raubtier. »Du hast heute schon Nike-Schuhe bekommen«, pfaucht die späte Blondine, als das Raubtier ein Sweatshirt sehnsuchtsvoll in die Hand nimmt. »Cherie«, knabbert das Raubtier jetzt an ihrem Ohrläppchen, »meine Liebe zu dir kennt keine Grenzen.« Sie zückt ihr Portemonnaie. D beutelt es. »Das nenn' ich sexistischen Kolonialismus«, flüstere ich ihr, »möglicherweise eine Lebensform, mit der auch wir einmal unsere Midlife-Crisis bewältigen werden.« »Lieber geh' ich ausdruckstöpfern ins Saarland«, antwortete sie. Als das örtliche Raubtier in seinem neuen Sweatshirt den Laden verlässt, umschlingt er seine Gönnerin derart fest an der Hüfte, dass sich ein triumphierendes Leuchten in ihren Augen breit macht. D und ich sehen uns kichernd an und trompeten gleichzeitig: »Obwohl ...«

# Ich Ulkschätzchen

Man hätte einiges zu lästern über das Nougatauge, aber telefonieren konnte es. Ich hatte schon ganz heiße Öhrchen, denn wir hatten über eineinhalb Stunden ein Konversationspotpourri über u. a. das Blair-Bashing der Torries, Sándor Márai, Irrwege der Esoterik und Ursachenforschung, warum Frauen nie in der Lage sind, ihr läutendes Handy in einer noch so kleinen Handtasche zu orten, flamboyant abgehandelt, als das Nougatauge betont beiläufig anmerkte: »Meine Scheidung ist übrigens im Laufen.« Ich wartete auf die Welle der Freude, die mich nach Adam Riese jetzt zu durchfluten hätte, doch die erwartete Naturgewalt hatte anscheinend was Besseres vor. Stattdessen hörte ich mich etwas trocken »Nur nichts überstürzen« piepsen. »Du bist mir ein Ulkschätzchen«, sagte er, »ich bin seit drei Monaten ausgezogen und liebe sie fünf Mal so lang nicht mehr.«

Möglicherweise fiel die Nougataugen-Erkaltung ziemlich genau mit jenem Zeitpunkt zusammen, an dem die zukünftige Ex mit ihrem Mountainbike-Spezi eine Affäre in den Stundenhotel-Tälern der Hauptstadt vom Rad brach, doch diese Interpretation sparte ich mir. Männer verstehen ja viel Spaß – aber eben just nicht dann, wenn es um ihr Ego geht. »Behalt' dir das Weiße«, ermunterte ich ihn stattdessen. »Bitte wie?« »Das Weiße in den Augen.« »Und sonst fällt dir nichts ein?« Doch, doch. Nur nichts Spruchreifes. Ich sah das so geliebt unberechenbare Nougatauge in meinem Wohnzimmer in seiner domestizierten Form: Ein gemütliches Nudelgericht vor dem Hauptabendfilm, Küsse, die zunehmend nach Müdigkeit schmeckten, Dezimierung des Stauraums, Überwiegen der Löffelstellung, Essenseinladungen bei Paaren, bei denen die Männer einander die Adressen von Geheimtipp-Maßschneidern zustecken und die Frauen die existenzielle Frage »Pilates oder Yoga?« bemurmeln.

»Kennst du eigentlich einen guten Therapeuten?«, fragte ich das Nougatauge jetzt.

## Romantische Höllen

Donnerschlag. Das Nougatauge lässt sich also scheiden. Er will essen gehen. So richtig mit Pipapo. Was halte ich von einer Landpartie in den »Taubenkobel« inklusive Übernachtung? Das Etablissement ist, unter uns, eine romantische Hölle. Und romantische Höllen sind für die Benutzer nicht ganz stressfrei.

Was ist, wenn das mit den Rotwein-geölten Köpflern in die Augen des jeweiligen Gegenübers nicht so funktioniert, wie wir es uns in unseren mentalen Beziehungsprospekten ausgemalt haben? Was aber erst dann, wenn das Nougatauge das pittoreske Ambiente zum schamlosen Bashing seiner Ex missbraucht? Und mir zwischen Zander-Carpaccio und Basilikum-Sorbet Häppchen serviert, wo es sich auslässt über das einfältige Gemüt der Gewesenen, ihre »Bitte-kein-Brot-für-mich«-Hysterie, ihre Geldgier und die enervierende Ex-Art, sich die Zähne zu putzen?

Da, Freunde, muss man ganz elegant daneben stehen. Regel Nummer eins: Kein schlechtes Wort über die potenzielle Vorgängerin. Und selbst wenn man sich dabei persönlich knebeln und an den Heizkörper binden muss. Ich stehe jetzt schon vor dem Spiegel und studiere folgenden Satz ein: »Ich weiß gar nicht, was du hast. Die ist doch eigentlich ganz nett.« Nett ist sowieso das Allerschlimmste, was man über eine Frau sagen kann, knapp gefolgt von »lieb« und »so lieb«. Während ich so grüble, höre ich das Nougatauge sagen: »Also, was ist jetzt? Oder zickst du?« »Nun ja, also wenn du mich so fragst: ja«, antworte ich ihm. »Ich dachte, du bist keine von denen?« »Eh nicht«, würde ich ihm jetzt gerne entgegenbrüllen, »ich freue mich auf dich wie eine nackerte Schneekönigin. Aber die Zicken gewinnen am Ende des Tages immer, also dachte ich mir: Das nehme ich auch ins Programm auf.« Stattdessen röchle ich heiser: »Muss mal ins Terminbuch schauen, viel um die Ohren.«

Wenn das Nougatauge ein echter Herr ist, denke ich mir, bleibt es trotzdem dran. No risk, no fun. Bleiben Sie mir bitte auch dran.

## Masochismus hin und her

Es gab kaum jemand, der so traurig schauen konnte wie unsere C. Verwaiste Babyrobben, die von Greenpeace auf der Insel vergessen worden sind, wirken dagegen direkt zuversichtlich. »Es ist ein Drama«, sagte sie, »was habe ich nur falsch gemacht?!«

Es stellte sich heraus, dass ihr 17-jähriger Sohn gerade volle Kraft voraus in der ersten Liebe schwelgte. Das Objekt der Begierde wurde mit Eigenkreationen (z. B. »Sehr heiße Liebe«) bekocht, mit Songs zugebrannt, die alle hormonelle Verirrungen im weitesten Sinn zum Thema hatten, und erfrischenden Bastelarbeiten, viele davon in Herzform, bei Laune gehalten. Just diese uncoole Emotionalität ihres liebesfähigen Sohnes hatte bei C den Babyrobben-Blick zur Folge. »Ich mache mir Sorgen«, seufzte sie, »es ist schlecht, wenn man Frauen so gut behandelt ...« Herr O, Zaungast des Gesprächs, bestätigte ihre Bedenken aus männlicher Sicht: »Man sollte den Masochismus der Frauen nie unterschätzen.« Das hatte was. Leider.

Denn bei Lichte betrachtet, hatte ich für die Hühnersuppenkocher, Boilerreparierer und Pünktlich-am-Flughafen-Abholer am Ende des Tages eigentlich auch immer nur bestenfalls Langeweile über. Den egomanischen Antikümmerern tappte ich hingegen regelmäßig in die Falle.

Hat Mami mich zu früh vom Topf genommen und Vati mit mir zu wenig an der Laubsäge gearbeitet? Fragen über Fragen, die in diesem Leben kein Psychotherapeut unter dem Preis einer Stretchlimo mit integriertem Heimkino zu lösen imstande sein wird. Also die billigere Variante. Ich rief das Nougatauge an und kläffte im harschen Befehlston: »Koch' mir Hühnersuppe! Ich will gerettet werden.« Das Nougatauge wollte wissen, ob ich A) noch zu retten bin und B) wo man im bebauten Gebiet der Hühnerjagd ungestört nachkommen könnte. Das Telefonat beließ mich mit dem Erkenntnisgewinn, dass ich mein Herz fürs Erste verloren hatte. Masochismus hin oder her.

# Der »Oil of Olaz«-Club

Man sollte doch weniger Tolstoi lesen. Auf Seite sechs von »Krieg und Frieden« stand er in seiner monumentalen Wucht, dieser Satz, der da lautete: »Anna Pawlowa war trotz ihrer vierzig Jahre lebhaft und leidenschaftlich.«

Die Ansage traf mich umso härter, als dass der schwierige Ehrentag, der die endgültige Mitgliedschaft in der Generation »Oil of Olaz« symbolisiert, demnächst dräut. Hol's der Geier, Tolstoi, – Passion und Lebendigkeit sind meine mittleren Vornamen. Ich steh' zu meinem Alter und zu mir sowieso, wobei mir besonders Letzteres nicht immer ganz leicht fällt. Irgendwie muss sich das Therapie-Investment doch rechnen. Gibt es eigentlich etwas Traurigeres als diese obsessiven Age-Überlisterinnen, die die Krise kriegen, wenn in der Stadt die Botox-Vorräte zur Neige gehen, und ihre Lippen schifffahrtstauglich machen, indem sie sie zu so schaurig putzigen Schlauchbooten aufmunitionieren? Die Spitalskost wie gedünstete Pute auf buntem Gemüseeinerlei einspeicheln, weil echte Nahrung sich auf ihren Hühnerhintern bemerkbar machen könnte? Ich kenne jede Kalorie, die sich da hinten auf mir breit macht, persönlich und habe sie auch noch geliebt.

»Jeder bekommt einmal das Gesicht, das er sich verdient«, hat Herr Goethe einmal angemerkt. Der Mann hat leicht reden, schließlich ist er mausetot. »Jenseits der viernull muss man sich eben entscheiden«, flüsterte ich dem, der mir nicht wirklich wurscht ist, als ich gerade kräftigen Rotwein mit normannischem

Löffelkäse runterspülte, »zwischen Hintern oder Gesicht.« »Und, Goscherte«, fragte der Nougat, mich aufmüpfig musternd, »wofür hast du dich eigentlich entschlossen?« Das war natürlich ein klarer Fall von chinesischer Höflichkeit, aber die beste aller Pointen, die man aus dieser Ansage zwirbeln konnte. Ich, jetzt nicht faul: »Für jene Domäne, die Faltenfreiheit trotz zunehmender Jahre garantiert: die Weisheit.«

## Duftkerzenparanoia

Bitte schön, ich habe ganz eigene Vorstellungen von Romantik. Solche, die mit denen des Nougatauges hart auseinander klaffen. Das Nougatauge ist ein Mann, was prinzipiell ja schon einmal eine gelungene Voraussetzung für Romantik wäre. Aber in den männlichen Gehirnschalen haben sich ziemlich klebrige Definitionen vom Idealfall der Liebe verdichtet. Ich für meinen Teil bin gegen Duftkerzenarrangements rund um Badewannen, Dessous-Kombis, die an die Arbeitsmonturen von texanischen Bordell-Debütantinnen gemahnen, gegenseitiges Füttern von Fruchtschnitzereien und dem gemeinsamen Anschaffen von Zimmerpflanzen, denen man Kosenamen (à la Stupsi) verpasst, ziemlich allergisch.

Das Nougatauge vermeldet, dass das mit meiner Zwanghaftigkeit, ja nicht so zu sein wie alle anderen, zu begründen ist. Ich finde, dass der Namensgeber meiner zukünftigen Bypässe da nur teilweise Recht hat. Denn das Wesen der Romantik beinhaltet für mich

Spontaneität und Unvorhersehbarkeit. Womit der ganze Kerzenlicht-Inszenierungswahnsinn schon flachfällt. »Was war der romantischste Moment in deiner Liebesbio?«, will er jetzt wissen und zündet den Voucher für ein Wochenende in einem toskanischen Castello an.

»Auf einer hoffnungslos überfüllten griechischen Fähre vertraute mir das Schicksal einen amerikanischen Dichter an«, machte ich auf frühe Paula Wessely, »wir liebten uns in einem hängenden Rettungsboot und tranken lauwarmen Weißwein.« Zwei Gedankentakte später rief das Nougatauge den Hellas-Spezialisten seines Vertrauens an. »Frage«, sagte er, »haben Sie zufällig noch zwei Plätze auf einer knackevollen Piräus-Fähre, egal auf welche Insel?«

Er bekam lange, also eigentlich gar keine Antwort und nützte die Zeit, um mir mitzuteilen: »An meinem Reim-Talent soll's nicht scheitern. Auf Gold hätte ich hold. Und irgendwo muss da auch noch warmer Weißer sein.« Diese Art von Humor brachte ihn meinem Romantik-Begriff ziemlich nahe.

## Abrüstungsmanöver

Es gibt drei Sätze, die Männer nicht sagen sollten, wenn sie einen seelischen Ausschlag meinerseits verhindern wollen. A) »Ich kann ohne dich nicht leben.« Denn, wie mir meine persönliche Statistik mehrfach bewiesen hat, sind die Ohne-dich-nicht-leben-Könner die ersten, die sich bester Gesundheit erfreuen, wenn sie sich einmal verabschiedet haben. B) »Ich muss jetzt einmal ganz viel nachdenken und melde mich.« Weil diese Ansage unten drunter den Inhalt hat, dass man im Leben dieses Mannes nichts mehr zu melden hat. Und C) »Das muss ich zuerst mit meinem Therapeuten besprechen.«

Das Nougatauge schenkte mir jetzt eine Variantenkombi, indem es in sein Körpertelefon Folgendes hüstelte: »Ich melde mich. Ich fahr' nämlich gerade zur Paartherapeutin.« »Wie bitte? Und gegen wen überhaupt? Bin ich in irgendeinen Dornröschen-Schlummer abgedriftet und habe was Schwerwiegendes versäumt?« »Sie wiegt nass 65 Kilo, aber keine Sorge. Es handelt sich bloß um meine zukünftige Ehemalige.« »Was machst du dann mit der in einer verdammten Paartherapie?« »Wir müssen noch ganz viel verarbeiten.« »Verarbeiten tut man Faschiertes.« »Du warst schon besser«, merkte er jetzt zu Recht an, »es geht um schmerzreduzierendes Beziehungsabrüsten. Die Paartherapeutin ist wie ein Trennungscoach.« »Oh Gott!« »Lass den aus dem Spiel, Gott war Single und kennt sich bei sowas nicht aus.«

Ich musste daran denken, dass es einmal Zeiten gab, in denen man Hühnereier gegessen hat, ohne den Cholesterin-Tod zu fürchten. Coaches ausschließlich den Zweck hatten, Fußballteams und Boxer auf die Siegerstraße zu führen. Und Beziehungen nichts mit Arbeit, sondern mit Sehnsucht, »Als-ob-es-kein-Morgen-gäbe«-Küssen, fliegendem Porzellan und wilden Versöhnungen zu tun hatten. Jetzt hörte ich mich sagen: »Ich muss jetzt einmal ganz viel nachdenken und melde mich.« Vom schlechten Benehmen der Männer kann man sich ja ab und an durchaus ein, zwei Scheibchen abschneiden.

# Das Leben, ein Überraschungsei

»Und nächstes Jahr wollen wir das zweite Kind«, erklärte K, Neo-Muttertier und Anwaltsgattin, »wenn möglich ein Mädchen. Wie gefällt dir Lea?« »Lea ist die neue Anna-Sophie«, sagte ich, »es existiert bereits jetzt eine ganze Lea-Armee.« »Wie findest du ihn?«, fragte sie mich. »Verzückend«, hauchte ich und betrachtete das schlafende Bündel Mensch. »Nein, meine Wurfprämie«, antwortete K und zückte ihr bebrillantetes Händchen, »drei Karat, aber trotzdem schön schlicht.«

K gehörte zu jenem Schlag Frauen, den ich in der Kategorie Stress-Patientin durch Barbiehaus-Frühtrauma eingeordnet habe. Ich sehe sie direkt vor mir, wie sie in der Phase ihrer Teilalphabetisierung Barbie und Ken mit ihren Mini-Klons Skippy und Ben in diesem schweinsrosa Plastik-Alptraum arrangierte und sich schwor: »Auch ich werde mir einmal so ein Glück krallen!«

»Und wie läuft's bei dir?«, unterbrach sie mich jetzt. »Die Sahel-Zone ist eine Wohlfühloase gegen mein Liebesleben, werma schauen, was wir sehen werden.« Ich hatte null Animo mit K, diesem lebenden Ralph Lauren-Spot, die emotionale Achterbahn, auf der ich mit dem Nougatauge ratterte, zu bemurmeln. »Hast du eigentlich irgendeinen Lebensplan?«, wollte Mrs. Ralph Lauren jetzt wissen. »›Life is, what happens to you, while you are busy making other plans‹ – John Lennon.« »Man weiß ja, wie dieser Körndl-Hippie endete. Du musst doch ein Ziel haben.«

Dann erzählte ich ihr die Geschichte von meinem Freund P, dessen frankokanadische Urgroßeltern ihre allzu aparte und deswegen schwer vermittelbare Tochter mit dem Sohn eines Geschäftsfreunds zu verkuppeln versucht hatten. Mit dem Fazit, dass die Uromi sich mit dem um 20 Jahre jüngeren Mann bei Nacht und Nebel vertschüsste und sie gemeinsam in 5000 Kilometer Entfernung ein neues Volk gründeten. »Pollys Märchenstunde«, erklärte sie jetzt wenig beeindruckt, »und wie lang ging das gut?« »Den Rest ihrer Tage. Wenn das Leben schon kein Wunschkonzert ist, dann sollte es wenigstens was von einem Überraschungsei haben. Noch Fragen?«

## Der Fluch der Toskana

Oh Gott, ich habe es getan. Ich habe das Nougatauge nicht in dieses Passionsstück »Kill Bill 2« geschleppt, sondern in »Unter der Sonne der Toskana«. Bester Kitsch, unter uns Pfarrersköchinnen.

Die angehende Schriftstellerin Francis (ja, ja – volle Identifikationskiste für Klein-Polly) wird von ihrem Mann verlassen und geht in dieser klischeebelasteten Region Italiens auf die Suche nach sich selbst. Im Publikum: Nichts als verhärmte Mitvierzigerinnen, die sich mit ziemlicher Sicherheit danach schwer gefärbten Chianti und eine »Diavolo« in der Pizzeria ihres Vertrauens gegönnt haben.

Und jetzt kommt die wirklich schlimme Nachricht: Ich habe geweint, und zwar nicht wenig. Genau in dem Moment, in dem der gut verheiratete Immobilienhändler die Einsamkeitsattacke der Filmheldin mit dem Satz »Hören Sie auf, so traurig zu sein, sonst muss ich noch mit Ihnen schlafen« konterte, schwappte ich hart an der Grenze zur Auflösung. Er, sehr souverän, reichte mir ein Stofftaschentuch (ohne affiges Monogram, Pluspunkte) und flüsterte in seinem Lotterbett-Timbre: »Hör' bitte auf zu heulen, sonst mach' ich gleich mit.«

Da war's um mich sowieso geschehen. Denn ich bin es alles andere als gewohnt, dass richtige Männer in den richtigen Momenten die richtigen Sätze sagen. Das hat auf mich die Wirkung, die schwarze Samtetuis mit glitzerndem Inhalt und Villen in Sievering auf andere Frauen haben. Ich entblödete mich jetzt nicht, wie ein verstörtes Rhesusäffchen Zuflucht an seiner im hinreißenden Ausmaß behaarten Brust zu nehmen und schluchzte: »Ich habe es sowas von satt, eine starke Frau zu sein! Es ist ein so undankbarer Job.« »Aber irgendjemand muss ihn doch tun«, antwortete er und strich mir das Haar aus dem Gesicht, »aber so ein kleiner Schwächeanfall steht dir eigentlich auch ganz gut!«

»Hoffen kostet nichts«, sagte Molly Moon, die neue literarische Heldin meiner Tochter.

# Gelassenheit im Handgepäck

»Fassen wir es doch so zusammen«, erklärte mein kürzlich geheuerter Psychotherapeut, »Sie haben sich Zeit Ihres Lebens schwache Männer ausgesucht und sich von denen obendrein noch schlecht behandeln lassen.« Dafür, dass ich daran erinnert werde, muss ich auch noch bezahlen. Und zwar den Preis eines Prada-Schuhs pro Woche.

»Glauben Sie mir, Doktor, umgekehrt wär's mir fast lieber gewesen.« »Ihr Sarkasmus schützt Sie hier nicht ...« »Und was ist schuld an diesem jammervollen Selektionsprinzip? Ein emotional abwesender Papi, eine überpräsente Mutti, das Elend jenseits des Äquators?« »So weit sind wir noch nicht.« Dauert wahrscheinlich noch zwanzig bis dreißig Prada-Schuhe lang. Dann stellte er mir eine Frage, für deren Beantwortung ich die Zeit eines Absatzes vergrübelte. Er wollte von mir wissen, welche männlichen Eigenschaften mich »verzaubern«.

Ich wusste: Mit einem Cornetto-Oberkörper und einem hohen, wie regelmäßigen Einkommen würde ich jetzt bei ihm keinen Meter machen. »Selbstsicherheit«, sagte ich, »Jungs, die sich und der Welt nichts mehr beweisen müssen und mit Gelassenheit im Handgepäck durch's Leben gehen, für die könnte man ein Fenster eintreten.«

Ich musste an den Nougat denken, mit dem ich unlängst beim ersten Berufsverkehr beim »Drechsler« am Naschmarkt verendet war. Es war eine Freude gewesen, ihm dabei zuzusehen, wie er bei der Bestellung der Gulasche mit der raubeinigen Unfreundlichkeit des Kellners jonglierte, ohne ihn dabei nur einen Tick lang von oben herab zu behandeln. Beim Zahlen ließ der Mann mit dem Nougatblick den Servier-Misanthropen wissen: »Und wenn Sie jetzt noch ein winziges Lächeln auf der Speisekarte hätten, könnten wir ganz beruhigt schlafen gehen …«

»Warum lächeln Sie jetzt«, fragte der Psychotherapeut. »Möchte ich nicht sagen. Ist mir zu privat …« gluckste ich. Jetzt machte sich ein Anflug narzisstischer Gekränktheit in seinen Zügen breit.

## Kein Sommermann

Das Nougatauge ist kein Sommermann. Das hatte sich schon im letzten Jahr schemenhaft abgezeichnet. Was unterscheidet so einen Sommer- von einem, na sagen wir Herbstmann, werden Sie jetzt Erklärungsbedarf einfordern.

Also: Die für die kälteren Jahreszeiten besser geeigneten Männer-Modelle brauchen in der Regel einen Plan und wollen wissen, wie der zu absolvierende Tag zu strukturieren ist. Sie haben kein Talent dafür, die Tage so zu umarmen, dass sie ihnen dabei auch entgleiten können. Sommermänner hingegen haben die nötige Hochachtung vor dem Nichtstun. Sie torpedieren einen nicht mit der hässlichen Frage »Was machen wir heute?« Einer Frage übrigens, die mich im gegenwärtigen Versunken-in-Altaussee-Zustand unter einen Stresspegel setzen würde, der jenem von Rehen auf der Autobahn um wenig nachsteht.

Herbst-Typen vom Schlage des Nougats würden in der Sommerfrische am Stand durchdrehen. »Ich habe Sehnsucht«, sagte das Nougatauge, das seinen Sommer der regelmäßigen Erwerbstätigkeit in der Hauptstadt widmete, um im Winter strukturierte Tage in der Wärme verbringen zu können, »wann seh' ich dich wieder? Komm' endlich nach Hause.« »Ich bin zu Hause«, antwortete ich ihm, nachdem ich ein Vollbad in seinem ersten Satz genommen hatte, »auch so ein Paralleluniversum kann Heimatcharakter haben.«

»Muss ich mir dich jetzt als Dirnenkleid vorstellen, das bewaffnet mit einem Weidenkorb auf dem Wochenmarkt Eierschwammerl-Qualitätsvergleiche anstellt und sich abends Polgar-Lesungen von C-Mimen gibt?«, wollte er wissen. »Ich möchte deine pornografischen Phantasien jetzt nicht zerstören, aber ich pfeife mir staffelweise in Un-Tracht Sopranos ein und gehe ins Restaurant.« »Das kannst du doch zu Hause auch machen«, sagte das Nougatauge jetzt mit so einer kleinen Stimme, dass ich, die Vorstandsvorsitzende der GmbH für Vorfreude, dem Herbst schon einmal großräumig zuwinkerte.

# 3. Pollywood oder Fahrten ins Blaue

Marokko ist mit ziemlicher Sicherheit die einzige Nation auf diesem Erdrund, in der man Weibern wie D und mir »Hallô, les gazelles!«, nachschnurrt.

*

Jetzt ging mein Verstand, dieser Langeweiler, zu Boden – er hatte von den Hormonen eins über die Rübe bekommen.

*

Es ist die Stille, die hier so wohltuend ist«, brüllte mir die holländische Ausdruckstöpferin ins Ohr.

*

Dann stöckelte ich in die »Paris-Bar« und bestellte großräumig Austern und Sancerre. Bedauerlicherweise war kaum Publikum da, das den ersten Gehversuchen meines Selbsthilfeprogramms »Divasein, aber richtig« beiwohnen konnte. Das Leben ist oft eben mehr Amstetten als Paris.

*

Andere Frauen holen sich ihre Adrenalinräusche beim Marmeladeeinkochen, ich geräte lieber in Seenot.

# »Hallô les gazelles!«

Salam aleikumchen! Marokko hat eine Pole-Position auf meiner emotionalen Landkarte. Es ist mit ziemlicher Sicherheit die einzige Nation auf diesem Erdrund, in der man Weibern wie D und mir »Hallô, les gazelles!« nachschnurrt.

Essaouira heißt das verwunschene Küstenstädtchen, in dem wir zurzeit an einem hohen Dolce-Vita-Faktor malochen. An einem Dachpool schiebe ich Telefondienst für D, in dem ich all die nougatäugigen Kellner vertröste, denen sie am Vorabend, aufmunitioniert durch unsere Champagnerlaune, unvorsichtigerweise ihre Nummer auf eine Serviette gekritzelt hat. Im Gegensatz zum mitteleuropäischen Mann exekutiert der Orientale nämlich auch einen in Aussicht gestellten Anruf. Damit muss man erst einmal umgehen lernen.

Der Anblick einer verschleierten Frau, die in voller Verkleidung im Pool mit tapferer Würde schwimmt, reißt Laufmaschen in mein Glücksgefühl. Nachmittags unterbrechen wir unseren seelischen Kolonialismus und mieten »Quads«, eine Kreuzung aus Traktor und Motorrad, um damit in den Sanddünen herumzudüsen. Während D gleich einer »Lawrencia of Arabia« das Gefährt bravourös choreografiert, demaskiere ich mich bei dieser Operation Wüstenfuchs als Vollversager. Manövrierunfähigkeit, ständiges Verschalten und Angst.

»Raschid«, winsle ich dem jungen Raubtier zu, das mit uns durch das Gelände knattert, »ich bin eine Frau, ich kann das nicht.« Dieser Satz war eine echte Premiere in meinem Phrasen-Repertoire. Und bewirkte das Wunder, dass das Raubtier jetzt die Flanken spannte, mich mit den Worten »Keine Angst, ich werde dich retten« auf dem Sozius-Sitz verstaute und mit mir, aber hallo, durch das steile Dünenwesen stob. Ich bemühte mich, meinen »Ich-bin-ein-weidwundes-Bambi«-Blick beizubehalten, auf dass er mich nicht in die so anstrengende Selbstständigkeit zurückstieß. Es funktionierte. Vielleicht sollte man diese Bambi-Nummer in Zukunft für den mitteleuropäischen Raum adaptieren. Insh'Allah!

## Kampftrinken mit einem Kosakenchor

»Waaahnsinnig nett, dass ihr es euch einrichten konntet«, zwitscherte die Dame des Hauses so aufgeregt, dass ihre Zuchtperlen zittrige Kaskaden schlugen. »Kommt nur weiter in den Salong!«

F und ich trappten in die Biedermeier-Hölle. Soweit bei uns möglich, hatten wir einen so genannten Anstandsbesuch zu absolvieren. Denn K, ein Salzburger Fabrikantensöhnchen und F-Freund aus Jugendtagen, hatte geheiratet. Und zwar »in die psychosoziale Schieflage«, so F.

Die Frau seines Vertrauens hatte zwar einen Titel, aber der lautete »Miss Bonbonball«. Im früheren Leben hatte sie am Parfümerie-Counter eines Kaufhauses unschuldige Passanten mit Düften, die so ähnlich wie »Fatal Attraction« oder »Leilas Passion« hießen, hart an die Bewusstlosigkeit gestäubt. Was ein Grund war, dass die Fabrikantensippe sie nicht wirklich riechen konnte. In jedem Fall dürfte die Candy-Königin einen Crashkurs in großbourgeoisem Habitus absolviert haben.

Sie warf mit Sätzen wie »Das echauffiert mich total« und »Das rennt mir ganz contre cœur« nur so um sich, trug statt ihrer einst so bezirksbekannten Mikrominis züchtig Rebhuhnfarbenes und hatte auch ihre kleinen Finger beim Teenippen relativ unter Kontrolle. Wenn ihr ein kehliger Rachenlaut aus ihrer ländlich-schlichten Biografie entglitt, wanderte ihre Hand flugs auf des Neo-Gatten Oberschenkel, um ihn gewissermaßen bei der Stange zu halten.

Als wir das Augartenporzellan-Inferno endlich verlassen konnten, sagte ich: »Pfuuhh! Bei Miss Bonbonball sollten wir die Schulbank drücken.« – »Bitte?! Die ist doch so doof, dass die Kuh schreit«, donnerte F. »Aber ihre Strategie der kompletten Symbiose geht auf.« – »Dieses Chamäleon-Theater ist keine Symbiose, sondern die totale Unterwerfung. Lieber geh' ich Kampftrinken mit einem Kosakenchor.« – »Deswegen wirst du auch nie einen Salong haben!« – »Den Luxus leist' ich mir«, sagte F, »apropos Kampftrinken. Willst du heute Abend mein Kosakenchor sein?«

# Leicht belämmert

Schafe, nichts als Schafe. Lächelnde, grimmige, aber vorrangig naturgemäß belämmert dreinblickende Schafe. »Aha, ich sehe, du hast dein Motiv gefunden«, versuchte ich dem britischen Tierporträtisten Anerkennung zu suggerieren, »aber warum eigentlich?« – »Es sind unschuldige Kreaturen, die nicht viel wollen vom Leben«, erklärte er, »und ich dachte mir, dass ich mich künstlerisch auf ein Thema konzentriere.« Er konnte sehr schön melancholisch blicken mit seinen meergrünen Guckerln, während er mich mit diesem Schwachsinn zutextete. Meine Hormonfraktion stieg genau jetzt mit meinem Verstand in den Ring und es begann das übliche Kräftegerangel.

»Bitte schön«, brüllte mein Verstand, »wer ist so bescheuert, dass er einen Schafpinsler allen Ernstes ernst nimmt?« – »Sei doch nicht so oberflächlich«, quiekten meine Hormone, »der Mann ist Aussteiger, lebt auf Mallorca. Hier ticken die Menschen eben anders. Und: Er hat sensible Hände, ganz zu schweigen von den Augen. Olé!« – »Wenn der Typ sich wenigstens auf Exzentriker wie Pfaue oder Siamkatzen versteifen würde«, sagte mein Verstand, »aber diese Herdenviecher ...« Rawums! Jetzt ging mein Verstand, dieser Langeweiler, zu Boden – er hatte von den Hormonen eins über die Rübe bekommen. Das Ergebnis des Kampfes erleichterte mich. Wenn ich einmal erwachsen und reich bin, bleibt genug Zeit, um sich ausschließlich mit jenen Männern zu beschäftigen, die von meinem persönlichen Mr. Ratio grünes Licht bekommen. Aber bis dahin wollte ich auf einer Spielwiese ohne Verbotstafeln toben.

»Willst du meine Modelle persönlich kennen lernen?«, fragte mich der Meergrüne jetzt. Und dann verbrachten wir einen herrlichen Nachmittag auf einer penetrant grünen Weide, futterten fette Würste, tranken Wein und blickten einander ähnlich trübtassig wie die Malvorlagen an. Ich fühlte mich momentweise wie keine 17 und so gesehen machte es sich echt bezahlt, dass mein Verstand für den Rest der Woche im Koma blieb.

## Divasein, aber richtig

Berlin ist eine schroffe Diva. Wenn man so durch Charlottenburg stakst, kriegt man eine kleine Dosis Ahnung verabreicht, wie sich in dieser Stadt in den Zwanzigern die Dekadenz nie »Gute Nacht« gesagt hat. Hier eröffnete eine pummelige Entennase die bisexuelle Nahkampfschule ihres Charmes und wuchs zu Marlene Dietrich. Hier konnte man Billy Wilder im »Romanischen Café« für etwas Kuchen als Eintänzer heuern. Und selbst als die Party in den letzten Zügen lag, verlor die vollgekokste Anita Berber noch immer irgendwo ihren Zobel, um den Gottesbeweis von ihrem Körper zur Schau zu stellen.

In diesem kleinen Antiquariat liegen stapelweise Exemplare der Zeitschrift »Der Junggeselle«, die die versunkene Epoche der Zügellosigkeit hübsch dokumentieren. Aus männlicher Sicht naturgemäß. »Tu's nicht unter einer Diva«, steht da zu lesen, »aber merke: eine Diva verlangt nach Vorarbeit. Entziehe dich ihr immer wieder, um sie am Glühen zu halten. Und verweigere ihr den Zutritt zu deiner Wohnung. Die Gefahr, dass sie sich ab dem Übertreten deiner Schwelle in eine gewöhnliche Hausfrau verwandelt, ist zu groß.«

Pengg! Das saß. In diesem Moment schwor ich mir, nie wieder mit einem Rotkäppchenkorb vom Meinl am Graben in ein Junggesellenquartier zu rauschen, meine Anti-Aging-Creme schön in meinem Täschchen zu lassen, und meine Energie vor allem darauf zu konzentrieren, mondän, geheimnisvoll und desinteressiert rüberzukommen.

Ich kaufte alle verfügbaren Ausgaben des »Junggesellen«, auf dass sie mir bei den Laubsägearbeiten am eigenen Mysterium mit Rat und Tat zur Seite stehen. Dann stöckelte ich in die »Paris-Bar« und bestellte großräumig Austern und Sancerre. Bedauerlicherweise war kaum Publikum da, das den ersten Gehversuchen meines Selbsthilfeprogramms »Divasein, aber richtig« beiwohnen konnte. Das Leben ist oft eben mehr Amstetten als Paris.

# Kir loyal auf Tanja

Wenn Lachen der Orgasmus der Seele ist, was ist dann Weinen? Egal. In jedem Fall sollte man nicht nach dem Orgasmus weinen, weil Männer das persönlich nehmen. Ich lag also in meinem Bett bei A im Landesinneren von Südafrika und weinte. Dicke Tränen tropften auf den Tanja-Blixen-Band »Afrika, dunkel lockende Welt«.

Hat sie die Dichte der beschriebenen Sonnenaufgänge nicht vertragen, werden Sie sich jetzt fragen, oder nervt die Kolumnistin uns einfach mit einer Attacke vulgärer prämenstrueller Melancholie? Nichts von alledem. Ich weinte um die dänische Schriftstellerin Tanja Blixen, um den hohen Preis, den sie für ihre Freiheit zahlen musste, und ob der Tatsache, dass sie nie wieder auf den Klangwolken von Caruso-Arien auf die Einfahrt ihrer Kaffeefarm zugaloppieren wird. Denn der britische Großwildjäger Denys Finch Hatton, der ihr das Grammophon geschenkt hatte, war in seinem Flugzeug in der Savanne verbrannt. Frau Blixen setzte seine Überreste auf jener Anhöhe bei, die die beiden Jahre zuvor gemeinsam zu ihrer letzten Ruhestätte auserkoren hatten.

Tragik, Drama, Pathos volle Kanne. Richtig gut zu schluchzen begann ich allerdings dann erst bei der Lektüre des Nachworts. Der kritische Literaturhistoriker desillusionierte grausam, indem er erklärte, dass die Liebe zwischen Tanja und Denys zum Zeitpunkt dessen Todes längst zum Rinnsal versickert war, weil er sich geweigert hatte, die finanziellen Sicherheiten zur Rettung der Farm zu stellen. Posthum hatte sich die alte Blixen den geliebten Verräter quasi schön getrunken, in dem sie ihn in ihren Afrika-Erinnerungen literarisch verklärte.

Dann trank ich einen Kir loyal auf Tanja und all die Frauen, die die Stärke besessen hatten, aus Liebe schwach zu werden. Und pfiff auf Ambros Bierce, Autor des Satzes: »Romantik ist das Sedativum für Versager.« Zyniker haben nämlich von Gefühlen soviel Ahnung wie unser Finanzminister vom Konzept eines Steuerparadieses.

## Ausdruckstöpfern

»Es ist die Stille, die hier so wohltuend ist«, brüllte mir die holländische Ausdruckstöpferin ins Ohr. Ich saß in der ersten, aber auch einzigen Tränke in einem Dorf in der südafrikanischen Pampas, rund um mich ein Haufen des urbanen Lebens müde Neo-Aussteiger. Als Kind hatte ich eine exakte Vorstellung von dem Astrid-Lindgren-Paradies Bullerbü, die sich mit diesem Dorf ziemlich deckte: weiß gekalkte Häuschen mit Schilfdächern, friedlich grasende Pferde, freundlich lächelnde Frauen, die sich ihren Stressrausch beim Chutney-Wettkochen holten.

»Ich vermisse Kapstadt gar nicht«, erklärte mir die britische Webkünstlerin mit dem nervösen Zucken, »diese Hektik, dieser ständige Erlebnishunger ...« »Ja genau«, versuchte ich höflich zu sein, »diese ewigen Strandpartys, dieses Kunst-Chichi, ganz zu schweigen von diesen hunderten Bars, deren Besuch einem den körpereigenen Säurehaushalt ständig aus dem Lot wirft.« Sie nickte mir anerkennend zu, als ein früherer Hollywood-Drehbuchautor, der sich vor kurzem zu einer Existenz als Apfelfarmer entschlossen hatte, zu uns stieß. »Ich bin am Ende«, röchelte er, »wir haben kein Wasser mehr auf der Farm. Meine erste Ernte geht den Bach hinunter.« »Wie aufregend«, flüsterte ich, »seit sie die *Waltons* aus dem Nachmittagsprogramm abgesetzt haben, war ich nicht mehr mit so einem Problemkreis konfrontiert.« Er war, dem Himmel sei Dank, zu erschöpft, um mich zu würgen.

»Mein armes Baby«, gurrte seine Gattin, eine Ex-TV-Produzentin, »vorgestern hat er eines unserer Schafe erschossen, weil es die Merlot-Trauben aufgefressen hat. Es war sein erster Mord.« Sie sah auf die Uhr: »Wir müssen los. Ich habe in Kapstadt einen Termin bei einem Spezialisten für posttraumatische Stress-Disorder vereinbart. Sean träumt nämlich jetzt immer von diesem Schaf.«

Womit sich wieder einmal zeigt, dass auch das einfache Leben wahnsinnig kompliziert sein kann.

## Nur Idioten sind glücklich

Im Londoner »Dorchester« durfte ich Genie inhalieren. Vor mir saß Woody Allen, weil er sich der PR-Maschinerie für seinen Film »Melinda & Melinda« unterzogen hatte. Ich löcherte ihn über seine Arbeitsweise als Schriftsteller und er antwortete: »Leider habe ich als Schreiber meine Grenzen.« »Tausend Rosen für diese Koketterie«, antwortete ich, »wollen Sie, dass ich mich in der Sekunde da draußen mit einem elfenbeinfarbenen Damenrevolver erschieße?« »Ehrlich, ich habe gar kein Talent für's Tragische«, antwortete er und zuckte traurig die Schultern.

Womit ich Mister Allen gegenüber zumindest einen klitzekleinen Vorsprung besitze. Ich habe Talent für's Tragische, besonders was meine Beziehungen betrifft. Alles in grosso modo Melo-Dramolette, die, aus der Distanz der Zeit betrachtet, einen starken Stich ins Komische hatten.

»Was beschwerst du dich eigentlich«, sagte N, »nur Idioten sind glücklich. Wäre *Anna Karenina* entstanden, wenn das Personal dieses Romans glücklich gewesen wäre?« »Du hast ja so Recht«, sagte ich erleichtert, »800 Seiten Glück wäre, selbst von Tolstoi, das literarische Äquivalent zu einer Hunderter-Packung Valium. So muss man fast dankbar sein, dass mein Schicksal bezüglich erwachsener Männer bislang so knausrig war.«

Nachts manifestierte sich mein Talent für's Tragische, als ich einen fast erotischen Traum mit Woody Allen hatte. Ich saß auf einem einsamen Dünenstrand, als er in einer kokainweißen Stretchlimo herankurvte. Er war kein rasend guter Fahrer und wollte von mir, der lausigsten Autofahrerin Europas, dass ich ihm in der menschenleeren Landschaft beim Einparken helfe. »Das Auto ist etwas laut, rein stilistisch«, rügte ich ihn. »Ich bin zu alt, um leise zu sein«, antwortete er und bot mir ein paar Gummibärchen an. Mein Therapeut würde die Stretchlimo wahrscheinlich als Phallus-Symbol interpretiert wissen wollen, aber die echte

Herausforderung stellten die Gummibärchen. Da wird mein Therapeut nächste Woche einiges zu knabbern kriegen.

## Die »Extra Vergine«-Gesellschaft

Dem Sommer vergeht langsam das Lachen. Die saisonale Neige bringt mit sich, dass die Leute Urlaubserlebnisse schwer auf der Zunge drücken. Die müssen raus! Es scheint, als ob ein unsichtbarer Pokal für jene ausgeschrieben ist, die es schafften, regionales Warengut unter den günstigsten Konditionen sichergestellt zu haben. Gemäß des atavistischen Grundprinzips: Beute machen, Beute sichern.

»Unser knorriger Bauer«, so vermeldet E, Mitglied der italophilen »Extra Vergine«-Gesellschaft, »zerstampft seine Oliven mit seinen bloßen Füßen. So wahnsinnig authentisch! Die Flasche an sich ist für Normalsterbliche gar nicht zu haben. Wir bekommen sie unter der Hand um ein Geschenk von 40 Piepen.« Diese Demütigung seitens der Ölfrüchte-Elite will D nicht auf sich sitzen lassen. »Das ist ja noch gar nichts«, erklärt er siegessicher, »auf unserer griechischen Insel, ein Geheimtipp der Sonderklasse, kriege ich solche Langusten um den Preis von Fischstäbchen bei der Nordsee. Und dann haben wir dort noch beinahe antike Vasen ergattern können, dass jedem Hobby-Schliemann die Knie schlottern würden …«

Das Kräftemessen unter Alpha-Männchen wird nur durch die Einmischung der jeweiligen Gattinnen getrübt. »Nein, Hansi, es war nicht der Bauer selbst, sondern albanische Flüchtlinge, die die Oliven …« oder »Herbert, ich bitte dich … Die Vasen sind so echt wie die Vuitton-Beutelchen auf dem Straßenmarkt in Bangkok …« Von der Außenwirkung von Solidarität haben solche Paare offensichtlich kein bisschen Ahnung. Wieder lässt sich meine Formel, dass ständige Nähe innere Distanzen schafft, empirisch nachweisen. Als ob man es allein nicht schon schwer genug hätte.

»Kein Gespenst überfällt uns in vielfältigeren Verkleidungen als die Einsamkeit«, bringt es Herr Schnitzler auf den schaurig-schönen Punkt, »und eine ihrer undurchschaubarsten Masken heißt Liebe.«

## Bin ich Ihnen zu viril?

Unlängst sehr freiwilliger Zeuge britischer Zwischengeschlechtlichkeit bei schweißtreibendem Currykonsum in einer Londoner »Inder«-Stube geworden.

Er: »Nicht, dass Sie glauben, ich mache das ständig …« Sie: »Ich bin auch nur so zum Spaß in den Chatroom gegangen …« Er: »Ich dachte gleich, dass wir viel gemeinsam haben: Weltliteratur, gemütliche Abende zu Hause, Reisen in ferne Länder …« Sie: »Was für ein Zufall aber auch.« Er (über seinen rückläufigen Haaransatz streichend): »Bin ich Ihnen eigentlich zu viril?« Sie: »Könnte ich nicht sagen.« Er: »Sie haben wirklich

Spitzenbrüste ...« Sie: »Könnten Sie nicht lieber etwas über meine Augen sagen?« Er: »Was haben die eigentlich für eine Farbe? Sperlingseierbraun, haha ...« Sie: »Haselnuss, ein sattes Haselnuss ...« Er: »Eigentlich mag ich keine Frauen mit braunen Augen ... Aber man kann ja einmal eine Ausnahme machen ... Haha.« Schweigen.

Er: »Wissen Sie, Sie gefallen mir. Irgendwie will ich Sie beschützen ...« Sie: »Wir haben doch noch nicht einmal die Vorspeise bestellt.« Er: »Worauf wollen Sie noch warten? Wie alt sind Sie eigentlich?« »36, also eigentlich schon bald 37 ...« »Da habe ich ja richtig geschätzt.« »Sehr freundlich ...« »Ehrlichkeit ist für mich das Wichtigste. Das möchte ich von vornherein klarstellen.« »Was sind Sie eigentlich für ein Sternzeichen?« »Ach Gott, die Frauen und dieser Sternekram ... Hummer, Aszendent Mayonnaise ...« »Ich tippe auf Löwe ...« »Gut gebrüllt. Wegen meiner Mähne?«

Irgendwann stieg ich aus dieser emotionalen Geisterbahn aus und dachte an Elfriede Jelineks Satz: »Mich interessieren vor allem Tote, die gar nicht wissen, dass sie tot sind.«

Und jetzt kann ich Sie nur mehr um eines bitten: Bestellen Sie sich nie ein Wunschkennzeichen, tragen Sie keine T-Shirts mit der Aufschrift »Girlpower« und suchen Sie nicht im virtuellen Raum nach einem kleinen Glück. So könnten Sie nämlich da draußen das große übersehen. Und außerdem ist das Leben ohnehin schon gewöhnlich genug.

# Das Herz, ein Einschusstrichter

»Alarmstufe Hansi«, röchelte sie, als sie das Foto des Kriegsreporters auf meinem Schreibtisch liegen sah, »der Mann sieht ja zum Niederknieen aus. Diese Glut in den Augen, die hageren Wangen, dieser 48 Tage-Bart, dieser Ich-hab-noch-einen-Koffer-in-der-Steppe-Blues im Blick ... Eiswürfelchen auf meine Libido.« »Ich bin bei dir«, seufzte ich, »ein Mann, für den man jederzeit barfuß und ungeschminkt durch dorniges Gebüsch kriechen würde ... nur würde er es nicht einmal merken.«

»Wieso?«

»Weil er nie da ist. Und wenn er da ist, ist er eigentlich auch nicht da, weil er sich ja nur auf der Durchreise befindet. Schließlich muss er ja jederzeit wieder an den Herd.« »Der einsame Wolf kocht?!« »Nein, an den Krisenherd, Schätzchen, auf die Jagd nach der Wahrhaftigkeit. Zerschossene Leiber, weinende Frauen, Flüchtlingskarawanen und enthauptete Diktatorenstatuen ablichten. Kabul, Tschetschenien, Bagdad – lauter Locations, wo keine Fleurop-Filialen existieren, geschweige denn die Telefonleitungen funktionieren.«

Sie blickte seufzend auf das Foto: »Da wird einem ja die Seele zu einem Tretminenfeld.« »Und das Herz zum Einschusstrichter. Nein danke!« »Aber vielleicht sind die unglücklichsten Lieben die einzigen, an die wir uns am Sterbelager erinnern werden ...« »Da werden wir anderes zu tun haben. Voll beschäftigt sein mit dem ultimativen Styling für den Holzpullover.« »Für wen bitte?« »So nennt das goldene Wienerherz den Sarg.«

»Am Ende des Tages bin ich mir sicher: Eine dreimonatige amour fou ohne Hoffnung, aber voller Leidenschaft, hat mehr packendes Leben, als fünfzehn Jahre lang ›Honey-I'm-home-Wie-war-dein-Tag‹-Gefudel auf emotionaler Zimmertemperatur.«

»Ich für meinen Teil arbeite hart daran, nach Männern verrückt sein zu können, nach denen ich nicht verrückt bin.« »Und wie läuft der Umschulungsprozess?«

»Danke der Nachfrage. Wie erwartet beschissen.«

## Oiiiiiwe!

»Diese Hobby-Jüdinnen«, erklärte mir der Schriftsteller Arnon Grünberg, »sind die schlimmsten. Haben keine Ahnung von nichts, wollen aber dabei sein.« Diese Ansage zielte mitten in mein Herz, denn sie traf mich messerscharf.

Meine jüdischen Freundinnen besitzen gottlob! die Gnade der Großzügigkeit und lassen mich vor mich hin dilettieren. Jeden zweiten Freitag darf ich, quasi als Quoten-Goi, außerordentliches Mitglied in ihrer Akademie des Lebens werden. Aber ja, ab und an entkommt mir auch schon ein ziemlich passables »Oiiiwe«, jenes verbalisierte Rufzeichen, das die Zuhörerinnen der jeweiligen Geschichte als Feedback aus Staunen und wohligem Entsetzen zuteil werden lassen.

Eine Cousine eines Schwagers hatte gerade ziemlich Zores, weil ihr Sohn, über Nacht unheilbar fromm geworden, 1200 Dollar an eine Heiratsvermittlerin in Brooklyn überwiesen hatte, auf dass sie ihm eine Gattin von seiner neuen Glaubensstrenge besorge. An sich hatte die Sache keinen schlechten Start genommen, denn schon die erste Kandidatin der Schadchen, so der symbolträchtige Fachterminus für Vermittler dieser Art, war eine 250 Millionen Dollar schwere Schokosaucen-Erbin aus dem Bostoner Raum gewesen.

»Ja, und?« »Er hat seine Mutter angerufen und nur gesagt: Mama, sie hat keine Füße.« »Eine Frau ohne Unterleib kann finanziell schwer sein, was sie will, oder?«, brachte ich mich ein. »Keine Füße haben bedeutet bei uns, dass sie hässliche Beine hat«, wurde ich getadelt. Alles in allem war der Knabe bei seiner Rückkehr dermaßen traumatisiert, dass er im Flugzeug allen Stewardessen und Fluggästinnen ständig auf die Füße glotzte. Inzwischen hat er sich für ein Mädchen mit Bambi-Fesseln entschieden, das außer Charakter nur noch viel gute Laune in die Ehe mitbringt.

»Oiiiwe« posaunten wir einträchtig und waren dennoch recht froh gestimmt, dass das Universum trotz all der Millionen Jahre auf dem Buckel noch immer seinen Humor nicht verloren hatte.

# African Queen

Andere Frauen holen sich ihre Adrenalinräusche beim Marmeladeeinkochen, ich gerate lieber in Seenot. Der Sturm fegt über den Altausseer See, die Wellen klatschen beklemmend hoch über den Rand meiner Nussschale, der Himmel trägt weltschmerzgrau. Ich finde, dass ich fatale Ähnlichkeit mit Katherine Hepburn in »African Queen« besitze, nur verdammt noch mal: Wo ist Bogey? Genau nirgends nämlich. In meinem inneren Lichtspieltheater wird der Film »Mein Leben ohne mich« abgespielt.

Schon das Begräbnis hätte es in sich. Bob Dylan gibt, charmant autistisch wie immer, »Like A Rolling Stone« zum Schlechtesten, Didi Chmelar konnte für den Lie-down-Monolog gewonnen werden; meine vier besten Freundinnen werfen mir seufzend meine Lieblingsschuhe hinterher – sie hätten sie nämlich gerne selbst noch aufgetragen; noch am offenen Sarg werden A's Krautfleckerln verteilt; mein Bankbetreuer bekommt jedoch keinen Bissen runter, weil er vergessen hat, mir eine Kreditversicherung aufzudrängen.

Alles sehr berührend. Jetzt fällt mir siedend heiß ein, dass meine Leiche ja gar nicht im Sonntagsbadeanzug gefunden werden würde. Das kann ich nicht auf mir sitzen lassen, also rufe ich den Bogey von Altaussee, den Pauli, an.

»Pauli«, piepse ich in meiner besten »Ich-bin-ein-schwaches-Weib«-Stimme, »Seenot, volle Kraft voraus. Rette mich bitte und zwar genau jetzt!« »Hearst fahr' eini«, sagt der, »geht doch eh überhaupt ka Wind …« Es geht so kein Wind, dass ich an Land röchle und dort wie ein schreckensstarres Impala-Reh am Gestade hospitalisiere. »Weiber«, sagt der Pauli, als er die Nussschale und mich einklauben kommt, »dann is doch wieder fesch, dass die Manda gibt ...« »Oberfesch. Aber gibt's eigentlich irgendetwas Schöneres als gebraucht zu werden«, zirpe ich jetzt, noch immer dem Impala-Reh-Genre verhaftet. »Da tät' ma einiges einfallen«, sagt der Pauli, denn er ist nicht nur Bootsverleiher und Gastronom, sondern auch Philosoph.

## S & M der Gefühle

Wir saßen in der strengen Kammer und nuckelten an Spritzern. Unter anderem tranken wir auf das Journalistengewerbe, das uns im Rang der interessierten Laien immer wieder Zugang zu exotischen Gegenwelten verschaffte. Heute stand eine dem sadomasochistischen Gedankengut verschriebene Schenke im schönen Mariahilf an der Nachtordnung. Auf den Spuren Leopold von Sacher-Masochs und so. Freundliche Menschen in grimmigen Monturen erläuterten uns die jeweilige Schmerzeffizienz der im »Spielzimmer« bereitgestellten Züchtigungswerkzeuge.

»Kapierst du diese Baustelle?«, fragte mich N, nachdem wir das Etablissement verlassen hatten. »Nicht wirklich«, sagte ich, »aber der Zoo des Lebens ist eben facettenreich. Und möglicherweise hat die Liebe sowieso immer was von so einem SM-Club.« »Mich deucht, die Alte spricht im Fieber«, kam sie mir jetzt mit einem »Faust«-Zitat. »Lebenslängliches Fieber, aber jede Beziehung ist doch ein Rock' n' Roll von Dominanz und Unterwerfung.« »Hein?« »Der Plot ist simpel: Einer liebt mehr, der andere weniger; der eine passt sich an, der andere gibt die Gangart vor. Das emotionale Ungleichgewicht liefert Stoff für Tragödien und im Rückblick Komödien …« »Aner hat also immer des Bummerl.« »Bingo.« »Und was, sich zwei auf gleichem emotionalen Level lieben?« »Das nennt man Harmonie, läuft auch unter dem Arbeitstitel ›Das Gift der Langweile‹ .« »Polly, du atomisierst diese ganze Theorie mit deiner Biografie …« »Hä?« »Weil du, diese angeblich so starke Frau, sich immer wieder für absolute Warmduscher zum Idioten gemacht hast.« »Du bist ganz schön gemein.« »Dieser Sommer steht unter dem Motto ›Neue Ehrlichkeit‹.« »Willfährigkeit angesichts von Warmduschern ist auch ein Luxus, den man sich erst einmal erlauben können muss.« »Kaltduscher sind auf die Dauer besser für den Teint.« Ich sammelte jetzt still die Größe, um ihr dann lauthals mitzuteilen, dass sie mich mit diesem Satz klein gekriegt hat.

## Klirrendes Schweigen

Ein Sommerabend, wie man ihn in Flaschen ziehen sollte. Wir saßen auf der Terrasse des Seewirts und umspülten tote Saiblinge mit südsteirischem Veltliner.

»Ach«, stöhnte mein Freund K wohlig, der auf der

Durchreise in Altaussee Station gemacht hatte, um sich meinen Segen für eine nun doch schon seit geraumer Zeit akute Zukünftige abzuholen, »ist das nicht prachtvoll, Schatzi?«

Das Schatzi nickte in der angemessenen Ergriffenheit.

»Jetzt sollte man eigentlich«, schwelgte K weiter, »noch zwei bis ein Flascherl zwitschern, und dann hier gleich am Matratzerl horchen. Letzten September haben wir das gemacht. Und in der Früh, ratzfatz, gleich in den See springen. Da war ja bei uns auch noch alles ganz frisch.« Schweigen bricht sich Bahn.

So klirrend kalt, wie es eigentlich dem Wein gut getan hätte. Dann merkte das Schatzi an: »Ich bin eigentlich zum ersten Mal hier.« – »Na geh, wirklich?! Das gibt's doch gar nicht«, verharrte K beinhart im jovialen Fach. »Du verwechselst mich mit jemandem.«

Tölpelhaft werfe ich jetzt einen Rettungsring nach etwas, was längst verloren ist: »Sein Gedächtnis ist inzwischen so verlässlich wie die italienische Post. Er wirft ständig die Jahre durcheinander. Bald kann er sich die Ostereier selber verstecken.«

Das Schatzi kann gar nicht lachen und rauscht schmallippig ab.

»Ich kann mir nicht wegen jeder neuen Frau neue Lokale ausdenken«, sagt mein Freund K und spielt paradoxerweise jetzt selbst den Beleidigten. Von der Chuzpe der Männer bräuchte man ein paar Scheibchen. »Völlig unmöglich«, bestätige ich ihn, »so viele Hütten gibt's ja außerdem gar nicht.«

»Und erst die Städte«, erklärt er weiter, »da wären ja Venedig, Rom, Paris und New York für immer totes Gebiet und man könnte nur mehr nach Tamsweg oder Travemünde zum Flittern hirschen.«

»Nicht auszudenken«, sagte ich, »ein hedonistisches Desaster.«

Für meine Ruhe ist mir in manchen Momenten rein gar nichts zu blöd.

## Sex auf der »Titanic«

Z und ich saßen, kindisch kichernd, in Amsterdam bei einem mürrischen Indonesier, der uns mit Todesverachtung kränkliche Hühnerflügelchen 'rausbriet. Die Auswirkungen einer Coffee-Shop-Visite hatten unseren Appetit so auf Touren gebracht, dass wir in dem Moment auch Passanten die Haare vom Kopf gefuttert hätten. Z lebte schon seit einem Weilchen in der Grachtenperle; mit seinem sardonischem Charme hatte er wieder einmal irgendeine Institution dazu gebracht, ihn bei der Nicht-Vollendung seines Romans finanziell zu unterstützen.

Wir führten ein Männergespräch. »Also«, sagte er, »ich habe ihr also deutlich gemacht, dass ich nicht der Richtige bin und ich ihre kostbare Zeit nicht mehr länger in Anspruch nehmen darf …« »Sehr raffiniert …« »Und weißt du, was sie mir geantwortet hat?« »Dass du ihre Liebe sowieso nicht verdienst und sie dich zu Hundefutter verarbeiten lassen wird?« »Autriche … zero points … Sie sagte nur: Gemacht, aber einmal möchte ich noch mit dir schlafen. Völlig meschugge.« »Ich versteh' sie. Trennungssex. Nicht oft, aber immer öfter die Königsetappe der Körperlichkeiten.«

Ich musste an die Zeit denken, als ich für eine Serie, deren Held ein, also eigentlich sechs Schäferhunde sind, Drehbücher verfasste. Der Redakteur der deutschen TV-Anstalt hatte mir die Frage gestellt: »Sagen Sie, warum schläft die Frau mit dem Typen noch einmal, wenn doch Schluss ist zwischen denen?« »Hearn'S«, hatte ich ihm im breitesten Wienerisch geantwortet, »ham' Sie noch nie a Abschiedsnummer g'schoben?« »Ach, ihr Schnitzler-Frauen«, hatte der Mann nur geseufzt.

»Kannst du mir das erklären?«, wollte Z jetzt wissen. »Tanz auf dem Vulkan, mein Bester ... Sex auf der Titanic. Im Angesicht des Abgrunds will man noch einmal demonstrieren, wo Gott seine Adresse hat ...« »Was für ein sinnloser Kraftakt!« »Wieso«, sagte ich und klaute ihm ein Flügelchen, »aus dem Paradies eurer Erinnerungen könnt' ihr wenigstens nicht abhauen.«

# Pollywood oder wie ich zwei Herzschläge lang das Radarsystem des Ruhms durchflog

Eine Stimme, die einem Gottesbeweis gleich kam, und dann das. Nicht einmal eine lausige Gedenktafel an der »105«. »Hier starb Janis an einer Überdosis Janis« wäre zum Beispiel eine würdige Ansage gewesen. Sechzig Sehnsuchtsbriefe hatte Janis Joplin in ihren letzten Wochen an einen einzigen Mann geschrieben; am 4. Oktober 1970 starb sie im Zimmer 105 des »Highlandgarden«-Hotels auf der Franklin Avenue in Hollywood, Todesvorwand: Heroin. Sie war 27, ich bin demnächst keine 39 mehr und wohne auf der 107.

Das »Highlandgarden« ist ein 60-Dollar-die Nacht-Schuppen, in dem die Betten erbsengrüne Dralonüberwürfe tragen und die dazugehörigen Matratzen so durchgelegen sind, dass sie den Boden nur um eine Kolibrizungenlänge nicht berühren.

Des Rezeptionisten Blickidol dürfte Robert Mitchum heißen. Zart regt sich die Versuchung, dem Mann Zahnstocher-Teilchen unter die so müden Augenlider zu klemmen, auf dass er endlich einmal eine Totale auf seine pothässliche Lobby inklusive der Kaffeemaschine mit dem dünnsten Kaffee der Welt genießen kann. Der Mann kann sprechen. Ja, ja, er hat eine Lieblingszeile aus einem Joplin-Song. Er ist so überraschend freundlich, sie auch noch zum Vortrag zu bringen: »And I know how you feel and that you ain't no reason to go on – go on and count your little fingers, my unhappy, my unlucky, my little girl blue.«

Es ist sieben Uhr morgens, keine Tageszeit für den Blues. Der Hollywood Boulevard hängt da wie ein übrig gebliebener Partygast, der sich an seine besten Zeiten nur mehr mit Mühe erinnern kann. Auf dem Gehsteig sitzt ein Mexikaner mit kaum Zähnen im satten Lächeln. Mit einem Kugelschreiber, auf dem Marilyn Monroe sich wie immer nicht bemüht, ihr weißes Kleid zu domptieren, kritzelt er auf einen Pappkarton: »Starmaps for sale – be as close you can get to the stars.«

»Zehntausend Dollar zahlen sie dir hier für einen Kuss – und 50 Cent für deine Seele«, hat das Kugelschreiber-Motiv einmal geseufzt. Keine Zeit für Kalendersprüche. Ich habe zu tun.

Heute Abend werde ich mich im Rollenfach des Überraschungsgasts auf einer Überraschungsparty in Brentwood üben – jenem vom Glamour der Gediegenheit geprägten Wohnviertel von Los Angeles, in dem Marilyn am 5. August 1962 an einer Überdosis Marilyn zugrunde gegangen ist.

Das Service für morbide Gemüter: 12305 Helena Drive.

Wie alle mit Überraschungspartys Überraschte wird auch das Herzstück der heutigen Veranstaltung bereits heftig am Trainieren sein, die Überraschung auch wirklich glaubhaft zu simulieren.

Der vermeintlich ahnungslose Jubilar ist ein amerikanischer Freund von mir, den es Mitte der Achtziger nach Wien verschlagen hatte, weil er von hier aus Bibeln hinter den damals noch eisernen Vorschlag schmuggelte. Als das Business mit der Heiligen Schrift nicht mehr so tosend lief, begann er Philosophie und Populärkultur (z.B. »Der kryptomarxistische Subtext in Madonnas frühen Songs« oder so ähnlich) zu unterrichten, Drehbücher zu schreiben und Hollywood aus der alten Welt den Eindruck zu vermitteln, dass der schmale Grat zwischen Mainstream und Kunst seine Adresse ist. Dann verlor ich ihn aus den Augen. Irgendwann rief er mich an und sagte: »Ich habe einen Agenten, einen Manager und einen Anwalt, die mir das Blut aus den Adern saugen. Gestern habe ich in meinem nagelneuen BMW ohne Dach mein finnisches Girlfriend von einer Nasenoperation abgeholt. Nenn' mich einen Klischeeidioten, aber ich liebe es.«

Der amerikanische Freund wird heute 40. Die Finnin inklusive neuer Nase ist inzwischen längst Geschichte. Was mich wieder an meine geliebte Großmutter erinnert, die meinen kleinen Bruder, ebenfalls mit einem Zinken im genetischen Handgepäck geschlagen, und mich abwechselnd prüfend ansah und den weisen wie nachhaltig kränkenden Satz tat: »Bei an Buben macht's ja nichts.«

Ich habe also, wie gesagt, eine markante Nase, ein klein wenig viel Übergewicht, und habe mich dennoch entschlossen, meinen in drei Tagen drohenden 40. Geburtstag in Los Angeles zu verbringen – einer Stadt, in der die Frauen bereits ihr 29. Wiegenfest mit dem rot blinkenden Ablaufdatum ihrer Wettbewerbsfähigkeit gleich zu setzen pflegen. Angeklagte, was haben Sie sich dabei gedacht? Es muss Masochismus gewesen sein, Euer Ehren.

Apropos Masochismus: »Fredericks of Hollywood«, der legendäre Dessousladen, ist noch schottendicht. Was insofern nicht so tragisch ist, als dass der Erwerb eines lavendelfarbenen G-Strings mit Strasssteinchenbesetzung durchaus vertagbar ist, aber das Prunkstück, des dem Laden angeschlossenen »Lingerie-Museums« – ein von dem bakteriophoben Milliardär Howard Hughes eigens für Jane Russell konstruierter Büstenhalter – hätte man gern doch noch vor dem ersten Kaffee gesehen.

Nur die Russen stehen in Hollywood früh auf. Mit einem schmerzhaften Schnalzgeräusch schnellen die Rollläden eines zwei Straßen weiter gelegenen russischen Schönheitssalons in die Höhe. Der Laden wirkt vor allem deswegen Vertrauen erweckend, weil in seiner trüben Auslage das Schild »You are most welcome to smoke« baumelt. Andrej, nicht nur optisch eine

Idealbesetzung für den wortkargen Diener eines transilvanischen Vampir-Tycoons, reagiert mürrisch, als man ihm sachte Frisurideen zu unterbreiten sucht.

»Me hairdress Miss Armenia«, sagt er grimmig und legt Fotos zwecks Beweisführung vor. Ich schweige kleinlaut und rauche dabei demütig. Es wird das letzte Mal für eine lange Zeit sein, dass ich diesem unschuldigen Vergnügen nachgehen kann, ohne von mitmenschlichen Gedankenblitzen mit dem wahlweisen Inhalt »Versagerin«, »Aussätzige«, »Freak« bedacht zu werden. Für dieses kostbare Gefühl nimmt man durchaus etwas drastisches Haarstyling in Kauf.

Mit meiner Taft gestärkten Auf-den-Spuren-von-Miss-Armenia-Regenrinnenfrisur schreite ich abends die Feststiege der ehemaligen Dorothy-Chandler-Villa in Brentwood hinauf. Würde der Balanceakt auf den Pfennigabsätzen des Prada-Schnäppchens nicht so fordern, könnte ich mich ganz darauf konzentrieren, nicht zu beeindruckt zu wirken. Denn das Zucker-Monstrum von einem Haus verfügt über ein Innenleben, das durchaus als Loire-Schloss, Mitte 18. Jahrhundert, durchgehen würde. Die Bilder sind alle echt, ich muss mich setzen.

Der Hausherr hat sein Vermögen im Silicon Valley gemacht und gönnt sich jetzt etwas Selbstverwirklichung als »Interior Adviser« für Repräsentanten der Neigungsgruppe »Berühmtsein, aber richtig!« Ja, ja, der Mann hat sogar Madonnas Dritthaus von seiner anfänglichen Tamara-de-Lempicka-Schwülstigkeit befreit; sein Nervenkostüm soll den Auftrag, der hysterische nächtliche Anrufe im Arrangement inbegriffen hatte, relativ unbeschadet überstanden haben.

»You look great,«, sagt der Hausherr und deutet auf meine Frisur, »fantastic Seventies-Retro-Styling. Who are you?«

»Das versucht mein Psychotherapeut seit drei Jahren herauszufinden«, piepse ich. »Hahaha«, entblößt er ein Gebiss, das Viktor Klima graugrün vor Neid gemacht hätte, »of course Vienna. Do you know Freud?« »Not personally.« Das Bächlein des Gespräches gefriert durch das Eintreffen des Jubilars, der im Ausdrucksfach »Freudige Überraschung« blendende Figur macht.

Beim Anschnitt des Cholesterin-Supergaus in Tortenform begrüßt mein amerikanischer Hotshot-Scriptwriter-Freund später das bunte Völkchen, das aus der Verwandtschaft aus Idaho, Celebrities wie der Sängerin Jewel und dem Franzosen Olivier Martinez und Relikten aus der noch unrühmlichen Jubilars-Vergangenheit wie mir besteht, mit den Worten: »Obwohl ihr wahrscheinlich die Kritiken von meinem neuen Film gelesen habt, seid ihr heute Abend hier. Das nenn' ich Freundschaft.« Der Regisseur des Films sucht Halt an einem Champagner-Kübel, ein weniger hoch dotierter Scriptwriter in einem Bud Light-T-Shirt flüstert seiner Nachbarin: »Das ist Hollywood – sie ruinieren dir deine Drehbücher, sie massakrieren deine Ideen, sie spuken deine Seele in einen koffeeinfreien Cappuccino und sie bezahlen dir ein Vermögen dafür.«

Ich behalte den ältesten und kürzesten Hollywood-Witz aller Zeiten (»Welches Mädchen ist das dümmste auf der Party?« – »Das, das mit dem Drehbuchautor schläft.«) doch für ich mich. Denn ich muss eine der drei bezaubernden Ballettschwuchteln, die der Zähheit der gegenwärtigen Auftragslage im Tanzgewerbe als Servierkörper überbrückend entgegenwirken, vor einem nahenden Ohnmachtsanfall bewahren. Einem Ohnmachtsanfall, den meine Bitte um einen Aschenbecher offenbar ausgelöst hat. Am Kühlschrank lehnt Olivier Martinez, der als Geliebter der Richard Gere-Ehefrau im Film »Untreu« für Momente das Radarsystem der öffentlichen Wahrnehmung durchflogen hat, und gibt sein bestes Programm: Die Nummer des geheimnisvollen Franzosen, der sich in dieser oberflächlichen »How are you? You have lost weight! I saw you in the picture!«-Welt etwas verloren fühlt. »I hate this Eurotrash«, kommentiert ein älteres Mädchen-um-jeden-Preis das Szenario, und behandelt dann doch ihren Champagner wie einen isotonischen Durstlöscher.

Ich smalltalke um mein Leben. Und begreife dabei: Wenn man in diesem Biotop nicht berühmt ist, gilt es unter allen Umständen, sich möglichst erfindungsreich mit Celebrities in Zusammenhang zu bringen. Ich lerne also Menschen kennen, die sich erst letzte Woche von Danny DeVitos Installateur den Abfluss reparieren ließen, ein Blutbild bei jenem Arzt, der Spielberg die Niere entfernte, in Auftrag haben, und deren Chancen gut stehen, schon in zwei Wochen einen Termin bei Sally Hirschenberg zu kriegen. Für 600 Dollar ist Frau Hirschenberg nämlich durchaus gewillt, ihren Meg-Ryan-»Out of Bed«-Look auch auf irdisches Menschenmaterial zu transponieren.

»All das lebenslange Theater und dann so kleine Grabsteine«, denke ich mir, als ich zwei Tage später auf dem »Hollywood Forever«-Friedhof, der an die Paramount-Studios grenzt, Bugsy Siegel, John Huston und Jane Mansfield »How are you? You look great!« zuflüstere. »Hollywood forever« zeichnet sich durch lobenswerte Besucherfreundlichkeit aus. Sogar in einem beschissenen Miet-Toyota-Corolla darf man dort auf dem »Letzte Ruhe«-Gelände herumkurven.

Hinter der Bar des akuten It-Hotels auf dem Sunset, dem »Standard«, suhlt sich eine nackte Vietnamesin unter den Flaschen.

»Tut sie dir nicht Leid?«, frage ich meinen amerikanischen Freund. »Wieso«, sagt er, »das ist sicherlich eine arbeitslose Schauspielerin. Hier bekommt sie etwas Aufmerksamkeit. Aufmerksamkeit ist nun einmal die Droge mit dem höchsten Suchtpotenzial.«

Und wenn diese Art von Droge eine Station hat, dann heißt sie Hotel Chateau Marmont. In diesem Schauermärchen-Schloss bekämpfte Laurence Olivier schon seine Entzugserscheinungen, in dem er sich schon schnell mal hinter die Rezeption klemmte und den Empfangschef gab. Und John Belushi und Jim Morrison verdichteten dort ihre Gewissheit, dass ein langes Leben den Zugang zum ewigen Ruhm unnötig blockiert.

Olivier Martinez lungert in der Lobby. Er sieht blass aus, so ganz ohne Kühlschrank an seiner Seite. »I hearrrd the new script is grreat«, ruft er meinem amerikanischen Freund zu, und durchbohrt dessen wunderschöne Freundin mit glühenden Franzosenblicken. Das wiederum bringt die kleine, ungeschminkte Blondine, die zu seinen Füßen gerollt liegt, in Rage. Sie strafft sich, atmet tief durch und beginnt den Kylie-Minogue-Song »Love At First Sight« zu summen.

Mit gutem Grund, wie sich gleich herausstellen sollte. »Oh my god«, kichert die wunderschöne Freundin meines amerikanischen Freundes, als sie den Navigator ihres Jeeps in Richtung Flughafen programmiert,

»diese Kylie Minogue. Hast du sie gesehen? Was für ein pathetisches Benehmen! Hat diese Frau überhaupt kein Selbstwertgefühl?!«

## Schalömchen!

Schalömchen! Ich habe schon wieder geheiratet, diesmal in Israel. Ein orgiastisches Erlebnis – 350 Menschen tanzten sechs Stunden durch und das alles ohne Drogen. Von dem bisschen Alkohol einmal abgesehen. Die Barkeeper stellten uns kommentarlos Eiswürfelkübel hin, um die Prada-geschwächten Füßchen zu kühlen. Der Reform-Rabbi sah aus wie ein übrig gebliebener Statist aus »Easy Rider«. Cool war das einzige zulässige Adjektiv für diesen Mann, der bei seiner Ansprache Sätze abließ wie »Eine Beziehung ist wie ein Haifisch. Sie muss ständig in Bewegung bleiben, sonst stirbt sie«.

B, ein Wallstreet-Knabe mit dem Aussehen eines in die Jahre gekommenen Calvin-Klein-Models, saß wie ein Häufchen Melancholie am Rande des Wirbels. »Was hat das Atlantiktief in deiner Seele verloren?«, fragte ich ihn. Er sah mich mit dem Blick einer Babyrobbe an, deren Mutter gerade bösen, bösen Piraten anheim gefallen war: »Ich bin 48 und irgendwie reif für eine Familiengründung. Nur: Ich finde keine Frau.« »Du spinnst«, antwortete ich, »du bist austherapiert, hast keine Ex-Frauen zu unterhalten, siehst noch immer, aber hallo, aus, und machst Kohle. In der sexuellen Marktwirtschaft alles in allem ein Lotto-Sechser.« »Die Frauen, die ich kennen lerne, langweilen mich alle nach dem dritten Date. Ihr Hirn ist aus demselben Material wie ihre Brüste – Plastik.«

Sein Blick schweifte an die Bar, wo ein wildmähniges Supergeschoss lehnte, dessen Vorbau wie angeschraubte Zuckermelonenhälften wirkte. »Wow«, sagte er stieren Blickes. »Wir können aber jetzt schon davon ausgehen, dass diese Dame auch heuer wieder nicht in der engsten Auswahl für einen Nobelpreis steht«, flüsterte ich. Seinem Testosteronhaushalt war das schnurzi: »Bevor ich Misses Right finde, möchte ich noch jede Menge Spaß mit all den Fräulein Wrongs haben.« Ich musste an die Szene aus »Mondsüchtig« denken, wo Olympia Doukakis Danny Aiello die existenzielle Frage stellte: »Warum müssen Männer immer Frauen jagen?« Die Antwort lautete: »Weil sie Angst vor dem Tod haben.«

Voilà!

# Last Exit Bullerbü

Jeder Mensch braucht sein Bullerbü. Meines heißt Altaussee. Wenn ich am Ortsschild vorbei fege, macht sich dieses Luxusgefühl von »Jetzt-kann-nichts-mehr-schief-gehen« in mir breit. Altaussee hat in meinem Leben Uterus-Status. Ein Uterus mit dem Zeitungsangebot einer Metropole und zartrosa Saiblingen und einem See, der sehr störrisch ist, was sein Temperaturniveau betrifft. Eigentlich ist Altaussee kein Ort, sondern ein Zustand.

Letzte Woche haben wir dort alle geheiratet. Also eigentlich eine meiner besten Freundinnen, die mir auch deswegen so unglaublich sympathisch ist, weil sie, genau wie ich, nach dem Motto »Hungertuch mit Monogramm« lebt. Der Champagner floss reichlich, die Frauen prügelten sich, wie Markusplatz-Tauben es mit den Körnern tun, um den Brautstrauß und wir ließen es bei der Eva und dem Pauli draußen auf der Seewiese tuschen, aber hallo.

»Mama«, fragte das beste aller Kinder, »warum versteckt die Braut eigentlich ihr Partyluder und macht hier auf verheiratete Mutter? Verdammt noch einmal, das ist ihre Hochzeit. Die soll jetzt bitte die Sau rauslassen.« Da wusste ich, dass es doch viel Sinn gemacht hat, dass ich in den ersten Entwicklungsjahren dieses Kindes wenig zu Hause war. Ich hatte die Ehre, eine Rede halten zu dürfen, in der ich unsere mittlerweile – huch – dreißigjährige Freundschaft Revue passieren ließ. Ich ließ ein Foto durch die Runde gehen, das die Braut und mich im Alter von siebzehn beim schweren Party-Aktionismus zeigte.

»Mama«, sagte das gemeinste aller Kinder, »das bist du? Wow!« »Hör' einmal zu, Kleines«, fauchte ich zurück, »irgendein Idiot hat uns zuerst die Schönheit und dann die Weisheit gegeben. Dass es umgekehrt weitaus mehr Sinn gemacht hätte, weiß ich auch ohne dich.« »Schreiben wir einfach einen saugroben Brief an das Salzamt!«, sagte das Kind jetzt fröhlich und klatschte mir auf den Hintern. Gravierende Autoritätsprobleme?

# Knabbernossi-Gänge

»Oh Gott«, stöhnte F, »diese sozialen Knabernossi-Gänge, mein Riechfläschchen!« F besaß durchaus Raffinesse im kreativen Umgang mit Fremdwörtern. Ursache der Erregung: Unsere Freundin K hatte sich in ihren persönlichen Pizza-Bäcker verliebt. Glut geleckt, haha, aber wir wollen ja hier nicht witzig sein.

»Worüber werden wir mit diesem Alfredo überhaupt reden? Ob er eher der Dünnkrustenfraktion oder den Dickteighäutern angehört, wie er seinen Tomatenfond anlegt? O sole mio, porca miseria«, kriegte sich F überhaupt nicht mehr ein. »Er heißt nicht Alfredo, sondern Ali«, musste ich sie enttäuschen, »er ist nämlich Ägypter. Und soziale Mobilität ist das Yoga der patent toleranten Frau. Männer lassen sich seit Millionen von Jahren von Frauen flach legen, die weit unter ihrem sozialen und geistigen Niveau sind, und besuchen mit diesen Gogo-Bräuten auch noch bebautes Gebiet … Diese Exzentrik will K sich möglicherweise auch gönnen. Vielleicht ist es ja auch wirklich Liebe.« F machte jene Geste, die die rhetorische Frage »Bist du jetzt völlig wucki?« ins Pantomimische überführte. Dann sagte sie bleiern: »Schon wieder so ein bedauernswertes Opfer der Hormone. Wahrscheinlich haben wir sie ganz prinzipiell überschätzt.«

Um für K in die Bresche zu springen, erzählte ich ihr von einer Begegnung, die ich auf einer Hochzeit in Tel Aviv gehabt hatte. Unter den Gästen befand sich der Ex-Mann eines britischen Pop-Superstars, die sich durch intelligente Texte und androgynes Styling einen Namen gemacht hatte. Der Ex-Mann war sehr hübsch, aber lang nicht so hübsch wie dumm. Und – Hilfe, Klischee-Alarm – die coole Pop-Göttin hatte ihn einst auf ihrer Japan-Tour in der Funktion des Bodyguards kennen und lieben gelernt. Dann stimmten wir gemeinsam den Hit der Popgöttin »Tell me why« an und beschlossen, die Ali-Absolution für K. Bis auf weiteres, versteht sich.

## Mein Freund Harvey

»Mein G'impftes geht in Himalaya-Höhen auf«, brüllte F. »Versuche mit Petit-Point-Arbeiten die Wogen deiner Seele zu glätten«, sagte ich, voll in meiner Jane-Austen-Phase. Was F noch mehr in Rage brachte: »Verarsch' bitte jemand anderen, Pollylein. Ich kannte dich schon, als du in den Slums von Moskau zehn Bierflaschen mit den Zähnen geöffnet hast.« Ich senkte verschämt meine Wimpern.

»Wie du ja weißt«, fuhr sie fort, »bin ich gerade dabei, mein Herz neu zu vermieten. Nur: dieser Mann hat eine Vergangenheit.« »Haben wir das nicht alle?!« »Nur diese Vergangenheit ruft täglich hart nach dem Morgengrauen an und macht sich in seinem Leben so breit, dass ich zunehmend Platzangst bekomme.« »Solange sie nicht wie Glenn Close in Fatal Attraction eure Haustiere im Fissler siedet ...« »Nicht witzig sein. Er will, dass wir uns kennen lernen, ich und das Lebensmensch. Wir würden uns nämlich sicher blendend verstehen.« »Da hilft nur die ›Mein Freund Harvey‹-Nummer.« »Bitte wie?«

Ich erzählte ihr von C, die mit einem ähnlich gearteten Patienten in die Toskana gereist war. Abgesehen von seiner Neurodermitis-Problematik sprach der Mann von nichts anderem als seiner Ex. Also beschloss C als Therapiemethode das Übel zu integrieren. So wie das James Stewart seinerzeit mit seinem Hasen Harvey tat. »Nun, Fräulein L«, sagte sie im Auto, »sitzen Sie auch gut? Wenn's recht ist, stechen wir jetzt nach Siena. Kennen Sie Siena?« Als sie in der Osteria einen Tisch für drei verlangte und von Mister Ex wissen wollte, ob Fräulein L gerne Meeresfrüchte isst, brüllte der: »Vergiss' sie bitte endlich! Ich möchte heute endlich einmal mit dir allein sein.« Da merkte sie mit grimmiger Stimme an: »Wie kannst du sie nur so behandeln? Keinen Funken Anstand im Leib?!« So setzte der Heilungsprozess ein.

»Das Leben ist so wahnsinnig anstrengend«, seufzte F jetzt. »Leicht kann's ja ein jeder haben«, versuchte ich mich hölzern im Trost.

## Das Pesto-Inferno

Ein Geräusch der Trauer bahnte sich seinen Weg durch den Fernverkehr. Produzentin des Lauts war E. Mit dem Schmerzensgeld aus ihrer gescheiterten Ehe mit einem Dentisten, der zunehmend in Polizei-Phantasieuniformen in der homoerotisch orientierten Lederszene die Zähne gezeigt hatte, finanzierte sie sich jetzt die Selbstverwirklichung in der Chianti-Region. E vertrieb sich also die Zeit mit tüchtig Skulpturenschöpfen, die aus Obstkisten und Olivenölkanister erstellt wurden. Ihre Karriere als eine Art Hausfrauen-Duchamp war noch nicht so richtig abgehoben, deswegen blieb ihr auch Zeit für Offenheiten.

Jüngst hatte sie sich einem deutschen Jung-Hippie geöffnet, der im Nachbarort noch einmal als Tischler so richtig durchstarten wollte. Die Chemie zwischen den beiden »brodelte« dermaßen, dass der Neo-Schreiner flugs mit Sack und Pack in E's »voll authentisches« Steinhäuschen gezogen war. Auch E's Junior Joshua fand das »echt fett«, weil der Hippie-Beau mit ihm durch die Olivenhaine tollte und ihm vor dem Einschlafen aus den »Wilden Kerlen« vorlas. Dann Filmriss, denn nach einer Woche dieser Idylle kehrte er abends aus dem Blauen nicht mehr an den Holztisch, auf dem die von E gezauberten Pesto-Gnocchi dampften, zurück. Zwei Tage später kam ein mürrischer Freund, um dessen Krempel abzuholen und den Satz »Sascha ging das alles viel zu schnell« zu deponieren. Und jetzt ist E ein einziges Krisengebiet.

»Willkommen auf dem Planeten Erde«, verdonnerte ich sie zu Bodenhaftung, »eine Beschleunigung von 0 auf 180 in drei Sekunden vertragen eben nur Formel-1-Boliden.« »Wir waren schon eine richtige kleine Familie«, heulte sie. »Eben«, antwortete ich, »und außerdem: Wo steht geschrieben, dass jeder Mann, dem man sich öffnet, das Zeug zum Jackpot hat? Manchmal muss man sich auch über einen Dreier freuen.« »Ich bin aber ein klarer Fall von Sechser-Typ«, schniefte sie jetzt trotzig. Und wer ihr jetzt widersprechen wollte, der hatte kein Herz im Leib.

# Fahrten ins Blaue

»Glückliche, kleine Hausfrau« ist das Rollenfach, auf das ich mich zur Zeit eingeschossen habe. Man kann wirklich von Mazel sprechen, dass in unserer »Villa Kunterbunt« keine Überwachungskameras installiert sind, die die meinen und mich beim Marillenknödel-Schupfen (inklusive des Glaubenskriegs Kartoffel- oder Topfenteig) zeigen. Szenen, die meine Glamour-Credibility beim Nougat erheblich demontieren würden.

Aber der Herbst wird noch ausreichend Gelegenheiten bieten, auf den Tischen zu tanzen und nach dem passiven Erwachen seinem wrackwürdigen Spiegelbild den Satz »War das wieder notwendig?« entgegenzuschmettern. Wenn mein Spiegelbild ein Herz im Leib hat, wird es antworten: »Ja, denn ich glaube an ein Leben vor dem Tod.« Jetzt hingegen koche ich. Und zwar nicht vor, sondern aus Leidenschaft. Es begab sich, dass Wiener Freunde sich um meinen Schmorbraten rotteten.

Es musste auch deswegen viel Rotwein getrunken werden, weil man sich Sorgen machte. Denn ein Freunde-Freund aus Israel, der sich für diesen Abend angekündigt hatte, war auf der Autofahrt irgendwo zwischen Darmstadt und Aussee verloren gegangen. Der Mann war über 80 und auf seinem umgeleiteten Handy hob nur die mürrische Haushälterin in Jerusalem ab.

Knapp vor Mitternacht betrat zur Erleichterung aller der jugendlichste Eighty-plus-Typ dieses Planeten die gute Stube und trompetete fröhlich »Hello, ich bin's, der Party-Crasher«. 1932 wäre er das letzte Mal hier auf Sommerfrische gewesen und bis heute den Verdacht nicht losgeworden, dass seine Mutter eine starke Schwäche für den Tennis-Coach entwickelt hatte. An und für sich wäre ihm der Schnittlauch auf der Suppe genug Natur, aber schön wäre es hier trotzdem. Für zwei Tage zumindest. »Und«, fragte ich, »wohin geht's denn dann?« »Kinderle«, antwortete er, »in meinem Alter fährt man nur mehr ins Blaue.« Wenn ich groß und alt bin, möchte ich bitte genau so jung sein.

# 4. Sackhüpfen im Tretminenfeld der Liebe

Der Penisneid ist eine rein innermännliche Angelegenheit«, sagte sie. »Und wer von uns beiden wird es Freud schonend beibringen?« »Der, der den kürzeren zieht.«

*

Die Normalen sind für mich keinerlei Herausforderung«, erklärte sie, »so ein ›Liebling-wie-war-dein-Tag?‹-Mann bringt mich nur zum Weinen. Und zwar vor Langeweile.«

*

Und irgendwann trittst du dann nach all dem Liebeskummer vor den Spiegel, schickst dir ein Luftküsschen und sagst: »Österreich ist frei!«

*

Vielleicht war er nur deswegen 48 Stunden der Richtige, weil sonst keiner da war«, tröstete ich sie. Sie schnippte mit den Fingern: »Hey, da liegst du wahrscheinlich richtig! Ich glaube, ich bin jetzt erst einmal reif für die Falschen.«

# Tod dem Mohair-Pullover

»Ja, ja«, brüllte Diane Keaton, »mach's mir, zerschneid' mir einfach den weißen Rollkragenpullover!« Er setzte dieses Grinsen auf, in dem eine Fußballelf bequem Platz nehmen könnte, und ließ die Schere in die Wolle gleiten. Dann riss sie das kreuzbiedere Mohair-Teil auseinander und setzte einen Blick auf, als ob sie eben gerade ihren persönlichen Mount Everest bezwungen hätte. Einen Mount Everest aus Zwangsneurosen, Spießertum und einer selbst auferlegten »Spaß ist das, was die anderen haben«-Askese. Dann sagte Jack Nicholson zu Diane, den Satz, der mich aus dem Kino-Plüsch katapultierte: »Du bist die lustigste Frau, mit der ich je geschlafen habe.«

Hiiilfe! Bis jetzt hatte ich in diesem Screwball-Juwel »Was das Herz begehrt« fröhlich vor mich hingegluckst, aber genau diesen Satz hatte ich schon selbst das eine oder andere Mal als Morgengabe serviert bekommen. Und ich war mir immer mehr als unsicher gewesen, ob es sich dabei um ein echtes Kompliment handelt. Denn die Woody-Allen-These, dass Sex der größte Spaß ist, den man ohne zu lachen haben kann, impliziert auch, dass Humor im zwischengeschlechtlichen Nahverkehr wenig bis gar nichts verloren hat.

Aber wissen Sie was: In der Geborgenheit des Kinodunkels beschloss ich dennoch für die Polly-Diktatur das »Hauptsache, es wird gelacht«-Gesetz. Denn in Wahrheit sind dichtes Haupthaar, die richtigen Schuhe oder nachmitternächtliche Karaoke-Tauglichkeit im Vergleich zu der Tatsache, ob ein Mann auch imstande ist, ein Schmähbankerl aufzuklappen, vernachlässigbare Größen. Was nützt einem ein Körper, für den ein Bischof ein Kirchenfenster eintreten würde, wenn dieser Körper Pointen für eine Sticktechnik hält? Na also.

Schwebt nur noch die Frage im Raum, warum so viele Frauen ihre Adresse in der humorfreien Zone besitzen. Und niemand geringerer als Coco Chanel schenkt uns die Antwort: »Frauen besitzen generell wenig Talent für Humor, weil sie die Liebe zu ernst nehmen.«

## Schleusen auf!

Mich machte das »Happy End« von »Sex and the City« relativ unhappy. Um nicht zu sagen, ich empfand es als Betrug am Verbraucher.

»Sie sind wieder zusammen«, plärrt D dermaßen enthusiastisch durch den Hörer, als ob sie gestern den »Wedding Planer«-Job beim TV-Traumpärchen angetreten hätte, »Carrie und Big. Ist das nicht herrlich?« Ich konnte ihren Enthusiasmus nicht teilen: »Das ist ja sauöd. Wozu der ganze über 50 Folgen gehende Emanzipationsstress, wenn sie sich am Ende jenem so verlässlich unverlässlichen Kerl an den Hals wirft, der sie immer wieder wie verschrumpeltes Fallobst behandelt hat?«

»Schahatzi«, brüllte sie weiter, »alles so egal wie das umg'fallene Radl im südlichen Peking. Die sind eben füreinander bestimmt. Schicksal, du verstehst?«

»Komm' mir bitte nicht mit diesem Schneewittchen-Schrott – von dem Deckelchen, nach dem man Töpfchen-Tropf oft sein Leben lang Ausschau zu halten hat.« »Auch du wirst noch einmal die große Liebe finden, ich bin mir ganz sicher!« »Ich habe sie schon gefunden, eigentlich drei Mal, und alle drei Mal ist die so große Liebe im Lauf der Zeit sehr überschaubar geworden, um nicht zu sagen auf Backerbsen-Format geschrumpft.« »Wenn du wieder in Laune kommst, meld' dich einfach«, flüsterte sie jetzt, meines Blues offensichtlich ziemlich überdrüssig.

Die Chancen, meinen Glauben an die Erderschütterungsfähigkeit großer Gefühle wieder etwas auf Vordermann zu kriegen, stehen gar nicht so schlecht. In den nächsten Wochen heiraten drei meiner engsten Freunde. Ich habe Reden über die Ehe zu schwingen, ja ja, auch Vegetarier können Würstchen verkaufen. Und ich bin eine wahrhaft verlässliche Heulsuse bei amtlichen Vereinigungen. Der amerikanische von diesen Freunden gab unlängst die absolute Mega-Concorde-Fünfstern-Liebeserklärung ab. Er sagte: »Weißt du, sie kann ein echter Schmerz im Hintern sein, aber ich möchte jeden verdammten Tag meines Lebens mit ihr verbringen.« Schleusen auf!

# Vor lau graut mir

Ich sprang Trampolin auf C's Geduldspotenzial. Denn zu Callas-Arien warf ich die Garderobenreste (Schuhe, Boxershorts, hässliche Pullover) meines Verflossenen aus dem Fenster. »Schätzchen«, sagte C jetzt mit einem ziemlich scharfen Unterton in der Stimme, »nichts gegen Pathos. Aber man kann die Angelegenheit natürlich wahnsinnig übertreiben.« »Kann ich hier bitte in aller Ruhe meine kleine Trauerarbeit leisten«, kläffte ich zurück, »ich habe keine Lust, irgendwann das schaurige Opfer meines Verdrängungsmechanismus zu werden. Denn die Schatten der Vergangenheit holen einen immer ein.«

»Männer würden sich nie so zum Affen machen«, sagte C jetzt, »weißt du, wie die ihren Liebesblues bewältigen?« »Lass' mich raten: Sie braten sich ein blutiges Steak, trommeln ihre besten Freunde zu einem Pokerabend zusammen und stauben dann, fröhlich gesoffen, in die Prärie, um sich die nächstbeste Squaw zu angeln und dann rhythmisch zu vergessen.«

»Bingo, so läuft's in etwa ab. Sollte uns das nicht langsam eine kleine Lehre sein? Ich meine, geh' zum Friseur, steche zu Chegini, kauf' dir ein paar obszön teure Klamotten und fang' dir eine heiße, aber emotional unbedeutende Affäre mit deinem Yoga-Lehrer an ... Aber hör' auf, in deinem Selbstmitleid ein Vollbad zu nehmen.« »Der Schmerz ist der größte Lehrer des Menschen«, ließ ich C jetzt bedeutungsvollschwanger wissen, »hat einmal ein tibetanischer Mönchguru gesagt. Und auch Herr Goethe hatte Recht, wenn er feststellte: Vor lau graut mir! Nur wer sich in der Liebe ohne Rücksicht auf Verluste die Tiefen gibt, kann auch die Hochschaubahn der Gefühle erleben.« »Das ist aber alles furchtbar anstrengend«, gab sich C noch einmal hilflos pragmatisch. »Sind wir auf die Welt gekommen, um uns zu erholen?«, fragte ich dann.

Jetzt ließ sie ein Geräusch der Resignation durch gespitzte Lippen entweichen, warf mir dann einen liebevollen Blick zu und dann einen der verbliebenen hässlichen Pullover aus dem Fenster.

## Zu nett für's Bett

Es grassiert ein Virus. Nennen wir ihn den »Bleiben-wir-doch-Freunde«-Virus. M zum Beispiel ist ein austherapierter, empathischer Mann, der keinen, noch so unrunden Geburtstag der ihm Lieben verdrängt, keine Gaumenzäpfchenprellung davonträgt, wenn er seine Gefühle artikuliert, Rilke aus der Hüfte rezitieren kann und auch die richtigen Schuhe trägt. Zum dritten Mal innerhalb eines halben Jahres kommt dieser M wrackgleich in meine Wohnung gerobbt, weil er aufmunternder Worte und krachekalten »Loimers« bedarf. Der Grund für seine psychologische Schieflage ist die Tatsache, dass er schon wieder von einer Dame, mit der er durchaus regelmäßige Zwischengeschlechtlichkeit angepeilt hätte, die böse Ansage geliefert bekam – »Du bist ein wirklich toller Mann, aber … können wir nicht Freunde bleiben?«

»Was mache ich nur falsch?«, wimmerte er und blickte mich gleich eines altersschwachen Chihuahuas im Tierheim an. »Du zickst zu wenig«, merkte ich an, »das macht die Frauen zu sicher. Und wenn sie ihrer Sache zu sicher sind, tendieren sie zu Grausamkeiten.« »Ich habe keine Kraft mehr für diese Spiele«, köpfelte er in sein Glas, »soll ich mich auf diese Freundschaftskiste jetzt einlassen? Bevor ich sie gar nicht mehr sehen kann …« »Masochismus ist ein Hobby für Loser«, pfeife ich ihn zur Räson, »außerdem: Es gibt keine Freundschaft unter Menschen, von denen zumindest einer Sex mit dem anderen haben möchte. Das hat die Natur nicht so vorgesehen.«

M machte auf Chihuahua im Endstadium: »Bist du mit irgendeinem Mann aus deiner Liebes-Bio noch befreundet?« »Nein. Denn wenn diese Egoisten nicht mehr an mir interessiert waren, wollte ich mich auch ihrem Desinteresse nicht mehr aussetzen müssen. Für einen gemütlichen Desperate Housewives-Abend habe ich ohnehin solche wie dich.«

»Was mache ich nur falsch?«, wollte er jetzt wissen. »Zu nett für's Bett«, flüsterte ich so leise, dass mich nur die Engel hören konnten und holte Vernebelungsnachschub aus dem Kühlschrank.

# Very Blind Date

»Das ist doch auf die Dauer kein Zustand«, hatte Ella neulich wieder einmal am Telefon gesagt, während ihre Kinder Trommelfell bedrohende Sirenensignale nach Fruchtzwergen ausstießen. »Irgendwann musst du die Rückfahrkarte ins Leben lösen. Deine besten Jahre sind nicht morgen oder übermorgen, sondern jetzt. Worauf willst du denn noch warten?«

Eine echte Gnade, dass Videotelefone noch nicht zum Lifestyle-Brimborium der Tramezzini-Klasse gehörten. Sie war sich nämlich ganz sicher, dass Ella, während sie ihr, so satt eins mit sich, Lebensezzes erteilte, ein mit chemiefreien Fingerfarben übersätes, sackartiges Gebilde trug, mit dem sie in der freien sexuellen Marktwirtschaft garantiert ohne irgendwelche Punkte bliebe. Rundherum tobten die kleinen, halslosen Monstren, deren Aufzucht Ella ihr ganzes Sein untergeordnet hatte. Kaum hatten sie ihren Fruchtzwerge-Raubzug erfolgreich abgeschlossen, wollten sie Idefix-Würstchen oder sonst eine Grässlichkeit, die die Ernährungsindustrie ersonnen hat, um die Geschmacksnerven unserer kleinsten Mitbürger für immer gewinnbringend zu versauen. Die Halslosen kannten nämlich nur eine Droge. Und die hieß »MEHR!«

Ellas »Lebensmensch« (was für ein grauenhaftes Wort, fast so schlimm wie Wohlfühloasen oder Zeitfenster) hatte sich mit der Volksgründungsmission seiner Frau so arrangiert, als dass er sie ohne viel Murren finanzierte, aber sich dafür im Rollenfach des bewussten Vaters geheime Defizite leisten konnte.

Impftermine und Kartoffeldruckarbeiten durfte er sich schenken, nur beim Wochenend-Showdown in den Zweitidyllen-Immobilien Gleichgesinnter hatte seine Videokamera enthusiastisch zu surren, um jedes Bananenbrei-Bäuerchen und jede noch so semilustige Sprachinsuffizienz der Brut (»Hasiwauwau« für Hund – haha) für die wehrlose Nachwelt zu erhalten.

In jedem Fall war Ella, das Muttertier, überhaupt nicht von der fixen Überzeugung abzubringen, dass all jene Menschen, die nicht Mitglieder der Sekte »Familie, aber richtig!« angehörten, entweder zu bemitleiden oder zu bekehren oder, wenn missionsresistent, ratzfatz mit der »Delete«-Taste aus ihrem Umfeld zu löschen wären.

Trotz ihres engstirnigen Beharrens auf den paradiesischen Komponenten des Alete-Infernos (»Kinder relativieren alles so herrlich!«) mochte Katharina ihre Freundin. Warum genau, wusste sie eigentlich gar nicht mehr so genau. Aber wenn Freundschaften lange genug dauern und man gemeinsam ausreichend Kilometer auf dem Schicksalstachometer zurückgelegt hat, hört man irgendwann auf, ihre Sinnfrage zu begrübeln.

Im fortgeschrittenen Stadium einer solchen Lebensbeziehung reichen dann ein paar gemeinsam erledigte Alkoholabstürze, ein zwanzig Jahre zurückliegender Urlaub im Griechischen, bei dem man sich ein faires Kopf-an-Kopf-Rennen um den ersten Koitus mit dem triefäugigen Handtuch-Verwalter des Hotelstrands geliefert hat, oder eine im Doppelpack erschummelte schriftliche Theaterwissenschaftsprüfung (»Satyrspiele im vorchristlichen Rom – Fluch oder Segen?«) als Bindemittel. Aber am nachhaltigsten schweißen einen natürlich die stereo durchlittenen Liebes-Crashs aneinander. Ella konnte seit zehn Jahren nichts mehr passieren – auf Grund von Stammesgründung in friedlicher finanzieller Abhängigkeit.

Katharina hatte ihren letzten Totalschaden vor drei Jahren hingelegt. Er hatte sie eineinhalb Jahre Gesprächstherapie gekostet, um ihr Selbstwertgefühl wieder halbwegs auf die Reihe zu kriegen.

Der Mann, mit dem sie eigentlich vorgehabt hatte, eines Tages im zahnlosen Duett Püriertes unter einer Linde zu verzehren, hatte ihr eines Morgens erklärt, dass sie es bitte nicht persönlich nehmen möge, wenn er in nächster Zeit mehr Freiraum benötige. »Kein Problem«, hatte sie gesagt, »ich habe ohnehin die nächsten Wochen wahnsinnig viel zu tun.« Dabei hatte sie ihm zugesehen, wie er sich das handgedrehte Salzstangerl dick mit Butter bestrich und langsam seine Schneidezähne darin versenkte. Aus den Beziehungsrubriken der Zentralorgane für progressive Friseusen wie »Cosmopolitan« hatte sie gelernt, dass Männer mit Druck und Drama nur kopfscheu gemacht würden.

»Du verstehst mich nicht ganz richtig«, hatte er geantwortet, »ich muss mich jetzt erst einmal selbst finden und dazu muss ich eigentlich allein sein.« »Wie lange dauert so eine Selbstfindung im Schnitt?«, hatte sie mit bemüht fester Stimme gefragt. Achselgezucke. Noch ein kräftiger Schluck Hochlandespresso, die Serviette aus toskanischem Leinen zusammengeknüllt, ein pflichtbewusster Kuss auf ihre Stirne, dessen Speichelspur sie erst dann wegwischte, als die Tür ins Schloss gefallen war. Immer höflich. Auch im Schützengraben. »Keine Ahnung, gib' mir Zeit. Ich ruf dich an«, waren seine letzten Worte gewesen.

Er hatte sich nie wieder gemeldet. Paradoxerweise hatte sie es als besondere Kränkung empfunden, dass der Mann den Magen hatte, ein dick mit Butter bestrichenes Salzstangerl zu zermalmen, während er ihre gemeinsame Gegenwart entsorgte.

Nach fünf Wochen Funkstille war sie ihm auf einer Theaterpremiere, Schnitzlers »Anatol« zu allem Überfluss, im Pausenfoyer über den Weg gelaufen. Der Salzstangenverdrücker hatte sich rückblickend in ihrem Leben als eine Art »Anatol«-Sonderangebot verewigt. Genauso feig, wobei Männer sich dieses Attribut gern mit dem Begriff »konfliktscheu« hübsch redeten, genauso Ich-zentriert, aber minus der morbiden Eleganz und den melancholischen Einbrüchen der Schnitzler-Kopfgeburt.

Ihr »Anatol«-Sonderangebot sah an diesem Abend laut gut aus. Er trug ein sorbetfarbenes Metrosexuellenhemd, weit weniger Bauch und eine dazu farblich nicht abgestimmte Rothaarige am Arm, die er ihr mit den Worten »Das ist übrigens Monika« vorgestellt hatte. »Ich wusste gar nicht, dass Selbstfindungen neuerdings rothaarig sind«, konterte sie übrigens bemüht spaßig und bog in die nächste Toilette ab, wo eine grundgütige Klofrau ihr ihren Stuhl anbot, weil Katharinas Körper sich zu einer Welle des Schmerzes verkrümmt hatte.

»Bis Sie heiraten, is' alles wieder guart«, hatte die Klofrau, offensichtlich Fassungslosigkeiten aller Art berufsbedingt gewohnt, im breitesten Ottakringerisch angemerkt. Ein Trost, der sie dann endgültig in die komplette Auflösung katapultiert hatte. »Ich bin 36«, hatte sie gewinselt und war dann von zwei teigigen Armen an einen regenwurmfarbenen Nylonkittel gedrückt worden, auf dem Katharina zwei unbekannte, dunkelfeuchte Kontinente hinterlassen hatte.

All das hatte sich vor drei Jahren abgespielt und seither hat Katharina nie wieder ein handgedrehtes Salzstangerl mit Butter gegessen, sich jeder Zwischengeschlechtlichkeit entzogen und mit der von Ella als »Un-Zustand« definierten Situation der Mannlosigkeit zu arrangieren gelernt. Sie wollte unter keinen Umständen mehr der Verletzung einer neuen Zurückweisung ausgesetzt werden. Für diese Sicherheit nahm sie die Ereignislosigkeit in Kauf. Denn die Ereignislosigkeit hatte den immensen Vorteil, dass sie einen nicht aus der Bahn werfen konnte.

»No more drama«, den Song von Mary J. Blige, hatte sie, unterstützt von ihrem kernigen Gesprächstherapeuten, zu ihrer ideologischen Hymne verdichtet. Peinlich, pathetisch, aber ja, aber warum nicht. Soviel Zeit musste in solchen Lebensphasen sein. Außerdem: Man glaubt ja gar nicht, was so ein beziehungsfreies Dasein für unglaubliche Energien freisetzt.

In den letzten drei Jahren hatte Katharina es mit Pilates zu einem brettharten Unterbauch gebracht und erheblich ihre Rumpfmuskulatur gestärkt und ihre Haltung verbessert. Sie war Mitglied eines Frauen-Sommelier-Clubs geworden und konnte, wenn sie sich sehr konzentrierte, einen Rioja von einem Bordeaux lässig unterscheiden. Sie hatte beschlossen, in ihrem Beruf aufzugehen.

Katharina war Filmjournalistin. Sie rezensierte für eine linksliberale Wochenzeitschrift von den neuesten Teenie-Abenteuer der Ohlsen-Twins bis zu sperrigen Inuit-Dokumentarstreifen, die sich mit den Möglichkeiten von Glück beim Leben im ewigen Eis innovativ auseinander setzten, alles, was ab jedem Freitag in

Wiens Lichtspieltheatern anlief. Zwischendurch wurde sie auf Kosten der Filmverleiher quer durch Europa gekarrt, um Hollywoodstars zu interviewen. Das klingt glamouröser, als es ist. Diese so genannten Star-Interviews dauerten in der Regel nicht länger als eine halbe Stunde und fanden in Gruppen von mindestens sieben, ebenfalls unausgeschlafenen Journalisten statt. Frühmorgens musste man auf den Flughafen, um gegen elf in einer Stadt zu sein, deren Identität ohnehin von keinerlei Relevanz war. Denn normalerweise lernte man dort nichts anderes als eine Fünf-Sterne-Festung kennen, in der der Star der demnächst anlaufenden Hollywood-Produktion seine PR-Ochsentour zu absolvieren hatte.

Oh ja, es gab auch journalistisch wertvolle Momente bei diesen Veranstaltungen. Wenige, aber doch. Sie hatte mit Mel Gibson über dessen früheres Alkoholproblem geplaudert; Dennis Hopper hatte ihr erzählt, dass er auf der Höhe seiner Drogensucht nackt nach Südamerika wandern wollte, und Woody Allen hatte ihr Tipps gegeben, wie man sich von seiner eigenen Sterblichkeit ablenken konnte. Aber meistens sonderten die Zirkuspferdchen des Zelluloids Fertigteil-Antworten ab, die folgenden erregenden Inhalt hatten: Die phantastische Zusammenarbeit mit dem Regisseur, die grandiose Stimmung auf dem Set und das harmonietrunkene Privatleben auf irgendwelchen Farms in Montana, wo die Stars, die natürlich den oberflächlichen Hollywood-Glamour bald bis daher hatten, zurückgezogen und der Einfachheit sowie der Freilandhaltung ihrer persönlichen Hühner verpflichtet, lebten. Immer öfter mit ein paar pittoresken Adoptivkindern aus von Bürgerkriegen geschüttelten Gegenden. Auf so eine aufwändig schlicht gehaltene

Montana-Farm drang man natürlich als Katharina nicht vor.

Aber wenigsten sammelten sich durch diese Interview-Trips auf ihrer Badezimmerablage Seifen sowie Shampoo- und Bodylotion-Fläschchen aus den ersten Häusern Europas. Ein körperhygienisches Privileg, von dem der Salzstangen-Mann gerne Gebrauch gemacht hatte. Was würde wohl diese Übrigens-das-ist-Monika auf ihrem Spiegelbrettchen stehen haben? Die sah Katharina nach einem echten »Body Shop«-Typ aus, mit an Wahrscheinlichkeit grenzender Sicherheit wollte diese Selbstfindung ausschließlich Produkte an ihre Haut lassen, deren Fertigung ohne jede Tierversuche ausgekommen waren. Egal. Das Leben war definitiv zu kurz, um seine Ganglien mit derartigem Schwachsinn zu strapazieren.

Letzte Woche hatte sie Sharon Stone in London im »Dorchester« – nun ja – kennen gelernt. »Was bedeutet Glück für Sie?«, hatte Katharina sie nicht gerade rasend originell gefragt. Sharon Stone hatte ihre 500-Dollar-Kurzhaarfrisur kurz geschüttelt, dann etwas zu laut gelacht und geantwortet: »Glück, meine Liebe Woher-kommen-Sie-noch-einmal?, ach ja, Vienna, sehr tolle Stadt, also Glück ist, wenn ich morgens in meiner Villa in Malibu erwache, das goldene Morgenlicht alles durchflutet, meine Katzen um meine nackten Füße streichen, und ich auf das Meer hinunterblicke. Und mir dann leise flüstere: Sharon, das hast du alles selbst gemacht. Du musst niemandem dankbar sein.«

»Aannnd, are you not verrry saaad, that there is now no maan in your life«, hatte der italienische Kollege, dessen Haaransatz sich schon seit gewiss geraumer Zeit nach hinten verabschiedete, gefragt, »a beautiful womaan like you needs love.« Sharon Stone bemühte sich jetzt ihren »Na-du-kleiner-Wixer-ich-bin-eine-halbe-Milliarde-Dollar-vorne-verschon-mich-also-mit-deiner-öden-Macho-Spießigkeit«-Blick im Zaum zu halten und sagte, wieder etwas zu laut: »There is love in my life, because I love myself.«

So wurde Sharon Stone zu Katharinas Schutzheiliger und natürlich auch zu der ihrer Leserinnen, unter denen sich viele Single-Akademikerinnen von erstklassigem Einkommen befanden, und die es wahrscheinlich, wie Katharina auch, ziemlich satt hatten, auf Grund ihres Solisten-Daseins trotz ihrer A-Schicht-Zugehörigkeit als B-Kreatur stigmatisiert zu werden. Männer, die allein lebten, auch wieder so eine himmelschreiende Ungerechtigkeit, liefen, in fast jeder Altersklasse, in der Kategorie bindungsparanoider Cowboy, dem keine gut genug ist.

»Ich liebe. Mich selbst« hatte Katharina ihre Sharon-Stone-Betrachtung getitelt. Und als sie abends nach diesem erfüllenden Schreibtag und ihren Pilates-Exerzitien nach Hause gekommen war und ihren Körper gerade mit der »Dorchester«-Bodylotion einschmierte, läutete das Telefon.

Ella schon wieder. Viele andere Möglichkeiten gab es nicht um diese Zeit. »Keine Widerrede und schon gar keine Ausrede«, sagte sie, »nächsten Freitag kommst du zu uns zum Essen. Die Kinder sind bei der Oma. Er wird dir gefallen.« »Wer? Wer wird mir gefallen?« »Nun, es ist ein sehr netter Freund vom Michi, schon länger geschieden, Anwalt, also eigentlich amüsanterweise Scheidungsanwalt und auf der Suche …« »Ich mag keine netten Menschen und suchende schon gar nicht, weil das erinnert mich an die Selbstfindung …« »Sei doch endlich wieder offen, Kathi!«

»Es gibt nix Peinlicheres als diese Verkuppelungsausspeisungen. Ich krieg' bereits jetzt Beklemmungszustände. Bitte, bitte verschon' mich.« Ella war offensichtlich besessen von ihrer Zwangsbeglückungsmission: »Ich wünsch' es mir von dir zum Geburtstag …« »Ich hab' doch schon längst was«, log sie, »gerade in London gekauft.« »Egal, dann als Zusatzgeschenk … aus ewiger Dankbarkeit, dass ich dich vor der endgültigen Verzauselung bewahre. Also Freitag, acht Uhr.« »Hokidoki«, resignierte Katharina, »aber nur wenn mir nichts dazwischen kommt.« »Dir kommt nichts dazwischen. Wie denn auch!« Katharina reagierte auf diese natürlich einschlägig gemeinte Geschmacklosigkeit mit lautem Schweigen. Ella realisierte dann doch, dass sie sich schwer vergriffen hatte. »Entschuldige bitte … Ich bin schon völlig verblödet. Wie konnte ich nur … Falls es dich tröstet, ich hatte auch schon seit sieben Monaten und 28 Tagen keinen Sex …« »Mein Gott! Führst du Stricherllisten?« »Nein, es passiert eben so selten, dass sogar ich es mir merken kann. Ich seh' dich, Schatzi … der Michi kommt gerade nach Hause.«

Offensichtlich hatte die sexuelle Revolution die paradoxe Nachwirkung, dass Menschen, die keine Beziehung hatten, fast genau so wenig Sex hatten wie die, die in einer fixen Partnerschaft (schon wieder so ein hässliches Wort) standen.

Schon am darauf folgenden Donnerstagmorgen war Katharina flau, um nicht zu sagen schlecht, vor dem drohenden Freitagabend. Mehrfach war sie nahe dran, das Essen abzusagen. Nur: Es hatte insofern wenig Sinn, als dass das »Er-wird-dir-gefallen«-Event mit Sicherheit und unter Ellas bombastischem »Du-bist-so-undankbar«-Gezeter auf einen anderen Termin verschoben werden würde.

Außerdem war sie wütend. Posthum wütend auf den Salzstangenmann, der, wie sie von einem Kollegen, der mit ihm manchmal Squash spielte, zufällig erfahren hatte, mit Monika-Babe auf einen Liebesurlaub nach Marrakesch geflogen war. Diese Rücksichtslosigkeit! Marrakesch war ganz oben auf ihrer gemeinsamen »Da-müssen-wir-einmal-hin«-Liste gestanden. Nur waren zuerst Finanzprobleme und dann der plötzliche Freiraum-Bedarf der Realisierung im Weg gestanden. Hätte er mit dieser Monika (was für ein bescheuerter Name aber auch) nicht an die bleigraue Ostsee fahren oder sowas Unglamouröses wie eine böhmische Schlösserreise anpeilen können!

Es erschreckte sie, dass die Marrakesch-Meldung ihr noch immer einen Schmerz-Stich verpassen konnte. Das müsste sie dringend mit ihrem Gesprächstherapeuten besprechen. Nur: Den hatte sie bereits vor Monaten so oft verschoben, dass sie irgendwann aus dem Klienten-Gefüge rausgeflogen ist. Jetzt wieder die Demütigung auf sich nehmen und um einen Termin winseln, damit der Marrakesch-Stich seinen Wundschmerz verliert … nein danke! Vielleicht war es ja auch nichts anderes als ein Phantomschmerz, dessen Verblassen mit 90 Euro Stundentarif also definitiv in keinem ausgewogenen Kosten-Nutzen-Verhältnis stand. Stattdessen entschloss sie sich, die 90 Euro in ein carmenrotes Wickeltop von Wolford zu investieren. Das neutralisierte den Wundschmerz auch irgendwie und war von bleibendem Wert. Wenigstens wollte sie für der mit Sicherheit durch und durch peinlichen Veranstaltung mit stilistischer Würde begegnen.

Um 20 Uhr 17 läutete sie am darauf folgenden Abend an der mit einem lustigen Plastelin-Namensschildchen dekorierten Wohnungstür. Ihr Mund war trocken, obwohl sie zu Hause noch schnell eine kleine Betäubungsmaßnahme in Form eines Campari-Sodas zu sich genommen hatte. Beinahe farblich passend zum carmenroten Wickeltop, soviel Zeit musste sein. Der Ella-Michi öffnete ihr die Tür, die in eine Bausparer-Dachbodenidylle führte, die direkt aus einem »Schöner Wohnen«-Exemplar aus den späten achtziger Jahren gepurzelt sein könnte.

Auf der sandfarbenen Sitzlandschaft saß bereits der Herr Er-wird-dir-gefallen und grinste breit. Er grinste so breit, dass Katharina erst Sekunden später realisierte, dass Ella neben ihm saß. Ella hatte sich erstaunlicherweise von ihrem Barbapapa-Look verabschiedet. Sie trug ein smaragdgrünes Diane-Fürstenberg-Wickelkleid, das die frühe Ava Gardner zur Martini-Stunde in einem noch vom Massentourismus verschonten Acapulco besser gekleidet hätte, und zwitscherte offensichtlich bereits Prosecco-geölt los: »Katharina, das ist Werner, Werner, das ist Katharina.« »Wenn Sie jetzt nicht sagen, dass Sie schon viel von mir gehört haben«, sagte Katharina und ließ sich in die Sandfarbe gleiten, »werde ich Sie auch nicht fragen, ob Sie öfter hierher kommen.« Sie hatte sich diesen Satz bei ihrem Prä-Aperitiv zurechtgelegt, weil sie hoffte, mittels Witz der organisierten Zwischengeschlechtlichkeit die peinliche Spannung zu nehmen. Auch Herr Werner dürfte Humor als Narkotikum gegen die Angst schätzen. »Sie sehen aus«, konterte er jetzt, »als ob ich einen Drink bräuchte.« Ihre kurze Irritation nützte er, um ihr aus der Prosecco-Flasche einzuschenken: »Es ist ein schmutziger Job, aber da der Gastgeber offensichtlich schläft, muss ich ihn wohl erledigen.«

Der Gastgeber war insofern abhanden gekommen, als dass er in der Küche thailändischen Wasserspinat und schottisches Hochlandrinderfilet zu einer modernen Köstlichkeit, ganz im Geiste von Jamie Oliver, zauberte.

»Ist er nicht drollig«, konstatierte die Neo-Ava Gardner und räkelte ihre Flanken, »mein Michi. Neuerdings kocht er, allerdings nur wenn Publikum vorhanden ist.«

»Kochen ist das Golf des links-liberalen Mannes«, fand Werner und schlug seine elendslangen Beine auf dem erdfarbenen Kelim übereinander.

Seine elendslangen Beine steckten in wohltuend ungeputzten, abgetretenen Schnürschuhen. Wie schön! Der Salzstangenmann hatte Katharinas Nervenkostüm insofern strapaziert, als dass er bezüglich der Pflege seiner affigen Maßböcke von irgendwelchen ungarischen Edelschustern mit jahrelangen Wartelisten nachgerade obsessive Züge entfaltet hatte. Die Schuhpasta ließ er aus London kommen; die Bürsten waren aus tropischem Wurzelholz … egal. »Jeder Mann ist der Wegweiser zum nächsten«, hatte Katharina einmal irgendwo gelesen.

Schon war das nächste Glas Prosecco da. »Ist er Ihnen kalt genug?«, wollte der Anti-Salzstangenmann wissen. Katharina umfasste das Glas: »Und was, wenn nicht?« »Dann muss ich schnell in die freie Wildbahn, ein paar Eiswürfel jagen gehen.« Ella lächelte frostig, während Katharina einen Temperaturumschwung in ihrem Inneren registrierte. Sie war keine Kümmerer-Männer gewohnt, wahrscheinlich auch deswegen, weil sie bis dato allen potenziellen Kümmerern zuvorgekommen war, indem sie sich viel zu schnell immer um sich selbst gekümmert hatte. Hoffentlich bekam sie jetzt keine Apfelbäckchen. »À table«, surrte der

Jamie-Oliver-Michi und drapierte voll Schöpferstolz seine Wasserspinat-Angelegenheit auf dem penibel geölten Refektoriumstisch.

Katharina versuchte, lasziv an den Tisch zu wackeln. Ihre Hormone schlugen kleine Salti in der Beckengegend. Es fühlte sich gut an, sehr gut sogar. So gut nämlich, dass die Bedeutung von gestärkter Rumpfmuskulatur und Sharon Stones Malibu-Philosophikum in graue Ferne drifteten. Eigentlich hätte Ella allen Grund, stolz auf ihre Freundin zu sein. Sie war offen und zwar sowas von. Und diese längst verloren geglaubte Gefühlsnuance versetzte sie in einen Zustand von Enthusiasmus, unterwandert von ein wenig Vorsicht. Und diese Vorsicht wollte sie aber jetzt genau nicht mehr, weil die Werner-Varianten in ihrem Aktionsradius an sich so spärlich gesät waren, wie sibirische Säbelzahntiger. Also fast. Um diese Vorsicht aus ihrem emotionalen System zu eliminieren, umspülte sie jetzt das Wasserspinat-Gericht mit undamenhaft viel Weißwein.

Die Gesprächsfetzen flirrten. Der Werner schoss mit flamboyanten Anekdoten aus seinem Scheidungsanwaltsalltag nur so um sich. Er erzählte von einer Frau, deren Mann behauptete, impotent zu sein, und deswegen dem ehelichen Vollzug nicht nachkommen zu können. Also bastelte die Frau eine physikalisch raffinierte Ansaug-Einrichtung, die sie ihrem unwilligen Ehemann im Schlaf überstülpte. Und siehe da, mittels des Schlauchaggregats war der Mann, der behauptet hatte, medizinisch liebesunfähig zu sein, durchaus imstande gewesen, eine veritable Erektion zu entwickeln. Nur: Psychische Verweigerung des Vollzugs war laut österreichischem Recht noch kein Scheidungsgrund. Großes Gelächter.

»Das Problem ist«, sagte Werner, während eines seiner elendslangen Beine Katharina unter dem perfekt geölten Refektoriumstisch nicht wie zufällig berührte, »dass viele Menschen versuchen, den Zufall in eine Dauerhaftigkeit zu überführen, und das dann Ehe nennen.« »Beständigkeit«, rapportierte Katharina blitzschnell Oscar Wilde, »ist die Phantasie der Phantasielosen.« Werner strahlte breit, nahezu Cinemascopebreit. Dann wurde ihr nicht richtig übel, aber etwas entrisch. Vor der Crème brûlée wankte sie auf die Toilette, sie hatte ihre Weißwein-Verträglichkeit unterschätzt.

Da saß sie nun, in einem Ambiente von weißkobaltblauen Möchtegern-Jugendstilfliesen, rund um sich Architekturzeitschriften, die Ella an diesem offensichtlich auch als Refugium genutzten Ort stapelte. Diese Architekturzeitschriften zeigten jede Menge durchdachter Ferienhäuser in der Normandie und den Bergen Kenias. Möglicherweise hatten diese Fünf-Sterne-Wohnreportagen die Funktion von LSD-Trips für »Desperate Housewives« vom Schlage einer Ella. Wenn sie sich, müde von den Fruchtzwergeeinforderungen ihrer Brut hierher zurückzog, und darüber nachdachte, wie alles hätte sein können, wenn alles anders gekommen wäre. Was für eine grausame Ausnüchterungszelle die Realität doch sein kann.

Katharina hatte alle Hände voll damit zu tun, ihre Übelkeit zu domptieren. Sie wollte in der Erinnerung dieses Werners nicht das Rollengenre der Frau, die ihren Durst nicht unter Kontrolle hatte, belegen. Sie wollte überhaupt nicht in seine Erinnerung, sondern in seine Gegenwart. Ein gedämpftes Stimmendurcheinander riss sie jetzt aus ihrer Anstrengung, sich doch nicht zu übergeben. Sie spülte nicht, denn noch gab es nichts zu spülen, und öffnete die Tür einen Spalt breit. Im gegenüber und etwas weiter hinter liegenden dunklen Schlafzimmer sah sie an die Wand projiziert die Umrisse von zwei Köpfen. Zwei Köpfe, die sich näher kamen, und dann wieder auseinander drifteten.

War Wasserspinat-Michi durch das ungewohnte Ava-Kleid seiner Gattin dermaßen auf Touren gekommen, dass er vor dem Dessert seinen Versäumnissen der letzten acht Monate nachkommen wollte? »Also, welchen Pullover möchtest du jetzt?« »Ich wollte gar keinen Pullover«, sagte jetzt eine Stimme, zu der elendslange Beine gehörten, »bei euch ist nämlich gut geheizt.« »Komm' her«, hörte Katharina jetzt Ava-Ella flüstern. Katharina stützte sich an der Wand ab. Schwarze Wellen durchfluteten ihr Hirn. »Komm' her und küss' mich so, als ob du morgen früh den Tod durch den Strang von feindlichen Rebellen erleiden müsstest und das dein Henkerskuss wäre ...« Ausgesprochen originelle Ansage für Ellas sonstige Verhältnisse, dachte sich Katharina. »Ella-Schatz«, antwortete der zum Tode Verurteilte, »ich fühle mich nicht wohl bei diesem Theater. Das war eine schwachsinnige Idee ... dein Mann pantscht da drüben ein Dessert ... für uns. Ich ... ich kann nicht. Lass' uns rüber gehen.« »Gefällt sie dir? Benimmst du dich deswegen so zickig?« »Ich finde sie o. k., nichts Aufregendes, aber o. k.« »Und, und findest du mich aufregend?« »Ella, das ist weder der richtige Zeitpunkt noch der richtige Ort, um ...« Stille, dann ein Schmerzlaut von Werner. Offensichtlich versuchte Ella, ihren ungehorsamen Geliebten mittels Bissen zur Unvernunft zu bringen.

In diesem Moment konnte Katharina sich nicht mehr halten. Eine Wasserspinatfontäne klatschte an die terracottafarbene Wand und verrann zu einer Jackson-Pollock-Paraphrase. Oh Gott, eine Erdspalte, ein Königreich für eine Erdspalte!

»Um Gottes Willen, Kathi!«, hörte sie jetzt die aus dem Schlafzimmer herbeigeeilte Ella sagen und sah sie mit schreckensgeweiteten Augen auf das Terracotta-Malheur blicken. »Geht's Ihnen jetzt wenigstens besser?«, fragte Werner, der seltsamerweise mehr belustigt als angewidert wirkte. »Diese Farce ist ja wirklich zum Kotzen«, hörte sich Katharina jetzt sagen und war insgeheim nicht unstolz auf ihre Chuzpe, sich gar nicht mit Entschuldigungen aufzuhalten, sondern ganz gegen ihr Naturell sofort in die Offensive zu schwenken. Ella sah sie pikiert an. »Glotz' nicht so blöd«, sagte Katharina, der erst jetzt der Schmerz über den Hochverrat einschoss, »ich werde dir einen Maler schicken, der dir deine Idylle wieder sauber pinselt. Gleich am Montag. Tut mir Leid, dass ich die Dramaturgie eures Schmierentheaters über den Haufen geworfen habe.«

Jetzt war weniger ein starker, als vor allem schneller Abgang angesagt. Katharina drehte sich auf dem Absatz um, hörte Ella in leiser Panik zischeln: »Ich würde dich um Diskretion gegenüber meinem Mann ersuchen ...«

Michi saß bereits allein an dem riesigen Tisch, auf jedem der Terence-Conran-Tischsets stand ein weißes Töpfchen mit dunkelbraun verkrusteter Oberfläche. Das Dessert stand ihm in der Disziplin »Trauriger Anblick« um wenig nach. Hilflos wedelte er mit dem Arm: »Kommt doch, ist doch schon ganz kalt.« Was wusste er oder wusste er überhaupt ... egal. Katharina lächelte ihm zu und flüsterte: »Ich muss weg, kann jetzt nicht.« Sie schnappte sich ihre Handtasche, die neben ihrem Stuhl lag, und winkte ihm schwach zu: »Tausend Dank noch einmal, war ein wirklich köstliches Essen.« Das Jackson-Pollock-Gemälde würde er ohnehin früh genug sehen.

Im Stiegenhaus rief sie mit ihrem Handy ein Taxi an. Sieben Minuten. Immer wenn es um was ging, brauchten Taxis sieben Minuten.

Fröstelnd setzte sie sich auf die Hausstiege und schlang ihre Arme um sich, als ob sie sich selbst Trost zusprechen wollte. Gegen die Erbärmlichkeit des Ella-Satyrspiels gab es keinen Trost. Eine Freundin hatte sie als Bauernopfer benutzt, um ihrem Hausfrauen-Dasein einen Kick zu verleihen, indem sie sich den geheimen Liebhaber offiziell an den Tisch setzte. Und der Ehemann hatte ihm noch eine Wasserspinat-Köstlichkeit gezaubert. Und sie selbst war auch noch so blöd gewesen, sich Werner-mäßig aufzumachen. Mit Apfelbäckchen wie ein Teenager. Wahrscheinlich hatte das Ella noch zusätzlich angekurbelt. Richtig gut, dass sie an die Wand gekotzt hatte.

Endlich näherte sich ein Mercedes-Motorengeräusch. Katharina mobilisierte all ihre Konzentration, um vor dem Taxifahrer nüchtern zu wirken. Sie nickte ihm zu, öffnete die hintere Tür, als eine Hand auf ihren Arm griff.

»Sie sehen aus, als ob Sie dringend nach Hause gebracht werden müssen«, sagte eine Stimme. Katharina drückte den Arm weg: »Ich bin nicht aufregend genug, um für mich selbst zu sorgen.« Jetzt nahm sie Werner fest an beiden Schultern und drehte sie zu sich: »Es tut mir so Leid. Sie hatten die einzige gesunde Reaktion für diese kranke Situation.« Sie befreite sich und stieg in den Fond: »Ich glaube nicht, dass ich Amnesty International kontaktieren muss. Sie hatten weder eine Pistole an der Schläfe noch Fesseln an den Füssen, und haben sehr freiwillig gewirkt.« Katharina deutete dem Taxifahrer, der die seltsame Situation mit professioneller Gelassenheit quittierte, loszufahren. Der Wagen setzte sich in Bewegung. Katharina starrte auf den Boden und versuchte ihren Tränenfluss zu disziplinieren. Plötzlich hielt das Taxi mit einem Ruck, die Tür ging auf und ein völlig außer Atem geratener Werner setzte sich neben sie.

»Eine Chance, eine einzige bitte noch«, keuchte er. Katharina nahm ihre Handtasche, schaute suchend hinein, schüttelte sie und sagte dann: »Heute ist dein Glückstag. Eine hab' ich nämlich zufällig noch.«

## Der ungarische Patient

F hatte wieder einen Patienten gefunden, über den sie ihren Uterus wie eine Saugglocke stülpen konnte. Es handelte sich um einen melancholisch veranlagten Erben ungarischer Provenienz mit einem Stich ins Komische.

Der Mann laborierte an einem Begräbnis-Spleen. Und mischte sich auf den Friedhöfen dieser Stadt unter die Trauergemeinden, um den Hinterbliebenen über den ihm komplett unbekannten Verlust hinweg zu helfen. Bei der Bestattung einer Großtante hatte F den Trauer-Afficionado kennen gelernt, als er sie voll der Anteilnahme dicht an sich drückte und ihr versicherte, dass die Großtante nun an einem Ort der lichtdurchfluteten Sorgenfreiheit weile. Einen Zustand, den auch F anstrebte, indem sie diesen Tristan (Hand auf's Herz, so heißt er) zum – dem Grinzinger Friedhof – nächst gelegenen Heurigen schleppte. Die Mission trug den Arbeitstitel »Rückführung ins Leben.«

Inzwischen sind die beiden ein Paar, was sich im Fall von F immer in einer Therapeutin-Patient-Konstellation niederschlägt. Je elender die Verfassung des Objekts ihrer Begierde, desto mehr erblüht sie selbst. »Schätzchen«, sorgte ich mich, »dein Florence Nightingale-Wahnsinn bekümmert mich. Willst du dich nicht wieder irgendwann einmal von der Normalität umarmen lassen?« »Die Normalen sind für mich keinerlei Herausforderung«, sagte sie, »so ein ›Liebling-wie-war-dein-Tag?‹-Mann bringt mich nur zum Weinen. Und zwar vor Langeweile.«

Wollen wir nur hoffen, dass F's Rettungsmaßnahmen den Friedhofsasylanten vor einem allzu flotten Genesungsprozess bewahrten. Denn oft, um nicht zu sagen immer, verließen F's Knaben die Krankenschwester ihres Vertrauens, sobald sie auf den richtigen Pillencocktail eingestellt wurden. Oder eine Frau ihr Radarsystem durchflog, die die Rollenfächer »Mutter« und »Heilige« aus ihrer Job-Description mit Rotstift gestrichen hatte. »Emotionale Buchhalterin«, würde F mich jetzt tadeln und deswegen schweige ich.

# Come home, stupid bitch!

»Meine Würde ist reif für die Müllkippe«, sagte sie und weinte zwei Tränen mit dem Echtheits-Gütesiegel.

Auslöser für B's akutes Drama: Eine zufällige Begegnung mit ihrer Nachfolgerin – ihrer Nachfolgerin bei Z, einem Mann, den sie mit der ihr eigenen Intensiv-Grandezza geliebt hatte. Dennoch glaubten wir die Trauerarbeit für längst erledigt. Mitnichten! »Diese Frau hat so nichts zu sagen, dass man Stunden darüber reden könnte«, fauchte sie, »es ist so demütigend!« Vielleicht, gaben wir zu bedenken, hatte die Tatsache, dass sie erstmals mit ihrer so hinreißenden Vorgängerin auf der freien Wildbahn konfrontiert war, die Eloquenz des Z-Liebchens gebremst. B schüttelte energisch den Kopf: »Netter Versuch, aber sie wusste nicht einmal, dass wir eine gemeinsame Biografie haben.« »Sei' doch dankbar«, brüllte F jetzt, »dass die Tante eine Dreißig-Watt-Leuchte ist. Wäre dir eine espritgeladene Krebsforscherin mit Havard-Abschluss lieber?« »Ja und nochmals ja«, flüsterte B, »durch so eine Null-Nummer ersetzt zu werden, kommt einer posthumen Abwertung gleich.« Frauen, werden wir sie je verstehen?! Die Zeit war reif für das Jack Nicholson-Anekdötchen.

Seine Langzeit-Geliebte Anjelica Huston war ihm an die männliche Blondine Ryan O'Neal abhanden gekommen. Der große Jack entblödete sich daraufhin nicht, ein kleines, aber dafür sehr lautes Flugzeug zu heuern, das unablässig über dem O'Neal-Anwesen kreiste und das Transparent »Come home, stupid bitch« hinter sich herzog. Er, der Göttlichste aller Villains, konnte es einfach nicht auf sich sitzen lassen, von Hollywoods Hansi Hinterseer gehörnt zu werden. »Und«, lüftete B jetzt ihren Trauerschleier, »wie ging die Story aus?« »Anjelica kam wieder nach Hause getrottet, und Jack verließ sie wenig später wegen einer Kellnerin.« »Gute Geschichte, aber saublödes Beispiel«, merkte B jetzt an. Ich musste ihr sowas von Recht geben.

## Cyrano … verzweifelt gesucht

N und K konzentrierten sich voll auf das Zeitverschwenden in einem »Schagaga« (Schattiger Gastgarten). Beim Schagagaisieren passierte ein Mann, der an einem Nebentisch im »Le Salzgries« Platz genommen hatte, K's Radarsystem. N hatte derweil alle Hände voll zu tun, der reizenden Kellnerin klar zu machen, dass das Leben viel zu kurz sei, um die »Happy Hours« nicht auf 24 Stunden auszudehnen.

Jetzt unterbrach K sie: »Lyrik-Alarm! Check this out! Der da drüben liest, ›Cyrano‹ im Original. Das heißt: Er steht im Einklang zu seinen Gefühlen, ist Romantiker und hat Stil und Bildung. Auch kein Ehering in Sicht. Fünf Eigenschaften, die in der sexuellen Marktwirtschaft einem Lotto-Sechser gleichkommen.« Sie war dermaßen aus dem Höschen, dass sie nicht um alle Prada-Böcke dieses Erdrunds gewagt hätte, Monsieur de Bergerac mit ihren liebeslyrischen Visionen zu konfrontieren. »Ich weiß, dass Leben ist ein Friedhof der verpassten Gelegenheiten, aber ich muss jetzt wirklich los«, hauchte sie und trollte sich.

N, jetzt nicht faul, pirschte sich jetzt an den Mann heran und erklärte ihm verschwörerisch: »Meine Freundin, die nur aus einem puren Zufall nicht Roxanne heißt, findet Sie herzerwärmend. Darf ich mich bei Ihnen Postillon d'Amour-mäßig ein wenig wichtig machen und Ihnen Ihre E-Mail-Adresse abknöpfen. Parole Cyrano!« Der Mann starrte N jetzt an, als ob sie eine unausweichliche Naturkatastrophe wäre, und murmelte etwas davon, dass er zeitlich gerade ziemlich unter Druck sei. »Cyrano« hielte er nur deswegen in den Händen, weil er seiner Frau, einer waschechten Pariserin, das Werk als Urlaubslektüre für die Normandie mitbringen sollte. Er selbst würde sich die Zeit lieber mit Dan Brown und Donna Leon vertreiben.

Auf den Schock orderte sich N noch zwei, drei Champagnerflöten und beschloss, K auf dem Ruhekissen ihrer Illusionen schlummern zu lassen. Denn das Leben wäre ohnehin schon wirklich genug.

## Eine Art sexuelles Paris

Auf mir lastet der Fluch, dass Menschen glauben, ich weiß, wo's lang geht. Sowie der große Börsianer André Kostolany ständig gefragt wurde, welche Aktien demnächst en vogue wären, erwarten sich manche paradoxerweise von mir eine Art Consulting in Herzensangelegenheiten. Dabei habe ich einen Hauptwohnsitz im Fettnäpfchen, was mein Liebesleben betrifft.

»Das Date, der Kuss, der GV – alles in der Oberliga«, resümierte mein Freund K eine gescheiterte Liaison, »wild, frivol, Wahnsinn! Aber dann auch schon gleich die Ernüchterung.« Er nützte die Kunstpause für ein halbes Gin Tonic: »Ich meine am Tag Drei setzte bei ihr schon der volle Nestbautrieb ein. Sie kaufte mir einen flauschigen Bademantel, noch dazu in peach, wollte, dass ich ihr beim Aussuchen eines neuen Geschirrs helfe, also nur noch der Modelleisenbahnbau interessiert mich noch weniger, und trommelte all ihre Freunde zusammen, damit die mich endlich kennen lernen. Es hätte nicht viel gefehlt und wir wären noch gemeinsam zu IKEA gefahren. Und diese Freunde, Polly, also du weißt, ich bin ein toleranter Mensch, aber diese Freunde waren so Rest-Yuppies mit genagelten Schuhen und Autos, die nur bei Wüsten- und Waldbewohnern nicht lachhaft wirken ...« Er meinte Jeeps.

»Ja und?«

»Jetzt will ich von dir wissen, warum Frauen beziehungstechnisch so wahnsinnig unentspannt sind. Ich meine, um eine Beziehung zu haben, muss man einmal ausführlich eine anständige Affäre durchleben. Gemeinsamer Verzehr von Jamie-Oliver-Gerichten im Widerschein des Farbfernsehens kommt sowieso früh genug.« »Du meinst so eine Art sexuelles Paris .... mit heißen Nummern auf stillgelegten Kriegsschiffen, inklusive Spontantrips nach Sansibar und Umgebung?«

»Ja genau!«

»Weil für manche Frauen das Jamie-Oliver-Farbfernsehen-Inferno auch eine Art von sexuellem Paris ist. Besonders wenn sie müde sind.« »Müde wovon?« »Vom Leben, Süßer!«

## Im Fadenkreuz von uninspiriertem Lachs

F ist bereits im Vorfeld zum Hochzeitsbrimborium auf Schloss Windsor komplett erledigt. »So ergreifend«, schluchzte sie in ihr Souvenirhäferl mit der Aufschrift »Charles & Camilla – a greater love«, »heute werden wir alle sehen, wie schön Glück macht. Da kann Botox einpacken.« Ich ernüchterte sie: »Du wirst sehen: Bereits am Tag danach weht mit Sicherheit gleich ein harscherer Wind.«

Ich setzte mir einen hässlichen Hut auf und machte auf Prinzgemahlin: »No, Darling, ich habe null Bock, morgen diese Staubsaugermesse zu eröffnen. Bugger! Morgen wird nämlich bei Stella McCartney zur Schnäppchenjagd geblasen. Und ehrlich: deine Teddybärsammlung muss jetzt raus aus dem Schlafzimmer. Es wird Zeit, erwachsen zu werden. Das waren übrigens die letzten Ferien, die ich auf diesem ungeheizten Schloss verbracht habe. Können wir eigentlich irgendwann einmal woanders als in diesen öden Commonwealth fahren? Mauritius soll sehr schön sein, ich habe dir schon ein paar Kataloge hingelegt ... Diesen Samstag? Schon wieder zu deiner Mutter? God gracious! Wenn es wieder diesen uninspirierten

Lachs an seinen schottischen Frühlingsgemüslein gibt, krieg' ich einen Schreikrampf. Ich möchte eigentlich lieber reiten … sei bitte nicht so lächerlich, da ist nichts zwischen mir und diesem Reitlehrer. O. k., er hat sehr hübsch anliegende Ohren, das ist aber auch schon alles …«

»Iiii! Dein Herz ist so dunkel wie das Hochmoor«, quiekte F, »keine Romantik!« – »Meinen Bedarf an Romantik decke ich mit Sonnenuntergängen und meinem Kontostand ab. Denn die Hoffnung, dass ich dort einmal gen Null schlittere, lass' ich mir nicht nehmen.« Wir schwiegen. »Hör' nicht auf mich«, flüsterte ich, »vielleicht lieben sie sich ja wirklich.« – »Auch egal«, wurde sie endlich wieder meine F, »Prinzgemahlin is a dirty job, but somebody has got to do it. Ich habe mit meinem eigenen Glück ohnehin alle Hände voll zu tun.«

Klare Königstigerin-Ansage, nur so weiter!

## Was ist schon Gerechtigkeit?

Während ich so mechanisch meine dramatisch unoriginellen Fragen runterspulte, fegte ich in meinem geistigen Auge dem Interviewten das Hemd so vom Leib, dass die – sicher von einem erstklassigen britischen Schneider in mühsamer Handarbeit – angenähten Perlmuttknöpfe durch den Raum spritzten. Auch Kollegin N, mit der ich zu diesem Verlags-Tycoon gepilgert war, hatte sich bereits in jene Pose geworfen, die beim Verhaltensforscher Desmond Morris unter »subtilem Balzverhalten« läuft.

In meinem Hirn dröhnte der Alarm: »Alles fertigmachen zum Hinreißend-sein.« Ich mobilisierte also die Lachgrübchen und schulterte die Pointenschleuder. Der Mann war den Aufwand wert. In seinen Augen schwamm die Melancholie eines seit Jahrhunderten durch Vertreibung torpedierten Volks. Aus seinen Boxen perlte Manu Chao. Seine Antworten waren mit Name-Dropping von Adorno bis Tom Wolfe durchsetzt. Sein Schreibtisch war bar jeder Fotobeweise, die auf ein kleinbürgerliches Familienglück rückschließen ließen. Sein Körper hatte noch keine Ahnung, dass er vierzig war. In seinem Lachen konnte man ein Vollbad nehmen. Und so weiter.

Als wir wieder auf dem Asphalt der Realität standen, räusperte ich mich: »Kein Lercherl, der Knabe, mhmm?!« »Ich bin bei dir in der Causa. Nur: Es ist stadtbekannt, dass dieses Prachtexemplar in regelmäßigen Abständen mit C-Models zugange ist. Solchen, die in Boulevardblättern mit Regenschirmen oder Eistüten posieren, um den Wetterumschwüngen Symbolgehalt zu verleihen.« »Zu deprimierend. Aber was redet der bitte mit diesen Eisschleckerinnen?« »Nicht viel und das wahrscheinlich lang.«

Ich beschloss, das britische Hemd dennoch cool zu finden. »Eigentlich«, sagte ich trotzig, »hätte sich der Mann wenigstens ein anorektisches Supermodel verdient.« »Tja«, sagte sie, »wie fragte schon der Trainerphilosoph Ivica Osim gerne: Was ist schon Gerechtigkeit?«

»Polly-Mausi, ich habe ein Date«, schnurrt sie in Erwartung um Anerkennung.

Ich zurre mich in mein Schweigen, denn ich bin an sich zurzeit emotional erkaltet, zynisch und dementsprechend souverän. Das hat mit einem ernährungs- und alkoholtechnischen Sabbatical zu tun, das ich mir um diese Jahreszeit gerne auferlege. Mein Hedonismus ist schon ziemlich sauer und brüllt: »Zähle ich nur mehr Cinque in deinem Leben?« »Schweig'«, flüstere ich und blicke majestätisch ins Leere.

Jetzt wieder P: »Bist du nicht stolz auf mich?« »Wer is' es denn?« »Na, so'n Typ …« »Na, bravo … Details?!« »Ich kann mich auch nicht mehr so genau erinnern, es war finster. Der ist in dieser Chill-Out-Lounge so lustig in eine Palme gepurzelt. Heute treffen wir uns im ›Engländer‹ …« Jetzt tat ich etwas ziemlich Fieses, in dem ich ihr den fiktiven Dialog dieser Begegnung monoton runterschnarrte:

»Hallihallo. Kommst du eigentlich öfter hierher? – Immer wieder – Sag' und wie geht's in einer Redaktion so zu? – Nun, ja, immer ein buntes Programm. – Schmecken gut, diese Penne. – Mhmm. – Weißt du, dass du schöne Augen hast. – Eigentlich ja, aber danke, ganz lieb. – Wie lang ist deine letzte Beziehung eigentlich her? – Können wir bitte über was anderes reden. Ich für meinen Teil liebe nämlich italienische Küche, dekoratives Weben und alle Vierbeiner …«

Sie unterbrach mich mit einem Feuersirenen-Ton: »Herzlichen Dank, du hast mir bereits jetzt alles versaut.« »Bitte gerne.« »Und das Schlimme ist: Es wird wahrscheinlich genau so sein.« »Na also.« »Aber was sind die Alternativen?« »Diogenes-Lifestyle ... vielleicht finden wir im Immobilienteil ein idyllisch gelegenes Fass.« »Und was trägt man so in der inneren Emigration«, fragte P, endlich wieder die Alte. »Ich plädiere für Unprätentiöses von Dries Van Noten.«

»Hübsche Idee.«

## Die freien Radikale

C, eine Frau, die als Investment-Terminatrix 150 Mannen Mores lehrte, hatte beschlossen, sich gehen zu lassen. Dieser Gang führte sie direkt weit unter ihr Niveau. Die Ursache: Sie hatte sich nach Jahren der Abstinenz von der sexuellen Marktwirtschaft verliebt, aber volles Karacho.

Im Viertelstundentakt gab ihr Körpertelefon SMS-Geräusche von sich, als wir im »Cinqueterre« Pasta vernichteten. Nicht nur, dass selbstverständlich die Beantwortung von Botschaften wie »Sehnsucht« oder »Was hast du gerade an, wonach riechst du?« keinerlei Aufschub erduldeten. Sie wollte mir auch keine der eingehenden Messages verheimlichen.

»Was sagst du?«, kicherte sie mit jenem glasigen Blick, den nur Alkohol oder hormonelle Aufruhr nach sich ziehen, »ist er nicht wahnsinnig süß?« »Ein Lottogewinn«, flüsterte ich, »und was tut sich sonst in deinem Leben?« »Ich habe die Liebe wieder entdeckt«, trompetete sie, »alles andere hat keine Bedeutung.«

»Verliebtheit und Verblödung sind die freien Radikale der Seele«, schreibt Wolfgang Joop in seinem Roman »Im Wolfspelz«.

Ich dachte daran, zu welchen Akten idiotischer Hingabe mich dieser Zustand schon verleitet hatte. Ich bin mit Picknickkörben aus den besten Restaurants der Stadt in Spitäler gedonnert, hatte mein Bettzeug mit Wolken seines Parfüms überzogen, Bankrotterklärungen meines Selbstwertgefühls in Form von 38-seitigen Liebesbriefen verfasst und bin, als New York im Schneesturm erstickte und kein Taxi mehr fuhr, vier Stunden durch die nächtliche Eiseskälte gestapft, um dann völlig erschöpft mit dem Satz »Ich war gerade in der Gegend« vor einem Mann zu stehen, an dessen Gesicht ich mich heute nur mehr schemenhaft erinnere.

Die noch schlimmere Nachricht: Ich würde diesen Wahnsinn jederzeit wieder begehen, soviel Zeit muss nämlich immer sein. Deswegen sah ich jetzt C an und sagte: »Wie ist er denn so? Erzähl' mir was von ihm.«

## Ein Mann wie ein russisches Zinshaus

»Ich treffe wieder jemanden«, erklärte C und ihr Mienenspiel stand – im krassen Gegensatz zur frohen Botschaft – auf Begräbnis zweiter Klasse.

»Knorke«, bemühte ich ein zu Recht vergessenes Adjektiv.

»Er ist aber sehr hässlich«, versetzte sie meinem Enthusiasmus einen Fausthaken.

»Wie hässlich ungefähr?«

»Grottenhässlich. Willst du ihn mit einem Gebäude vergleichen, würde ich ein russisches Zinshaus in die Schlacht werfen. Wäre er ein Land, würde ich ihn Luxemburg nennen. Würden sie in der Geisterbahn noch Erschrecker engagieren, könnte er sich dort ein Zubrot verdienen.«

Ich seufzte voll Anteilnahme und verschickte den Satz, dem man Königin Victorias Bräutigam für die Hochzeitsnacht mitgegeben hatte: »Close your eyes and think of England.«

Jetzt kicherte sie: »Ich bin aber irrsinnig verliebt in ihn. Flugzeugaufkommen im Bauch wie über Frankfurt gegen 18 Uhr. Er rührt mich außerdem mit seiner Optik.«

»In der Psychologie nennt man das Beauty-and-the-Beast-Syndrom«, tröstete ich sie. Jetzt war sie fast ein wenig geschmeichelt: »Wirklich?!« Nun begann sie das, was man in der PR-Wissenschaft Post-Purchase-Marketing nennt: »Aber er ist so wahnsinnig intelligent. Und einfühlsam. Und magische Hände hat er obendrein.« »Was macht er denn beruflich?« »Er ist Baumchirurg, die Bäume geben ihm auch soviel Kraft und Energie.« »Solange er nicht Kontrollor bei der Liliputbahn ist, ist ja alles im grünen Bereich. Außerdem der Beruf ist ja nicht so wirklich wichtig ...«

Jetzt ließ C einen wohligen Seufzer ab, der direkt aus dem Unterleib kam: »Genau. Es kommt in Wahrheit immer mehr auf die inneren Werte an.« Jetzt rutschte ihr irgendwie der Blick aus, was ihrer IQ-Außenwirkung nicht gerade zuträglich ist. Aber irgendwie dürften die inneren Werte des Zinshaus-Mannes ein Kunststück beherrschen, das der Ansage »Es gibt ein Leben vor dem Tod« ausreichend Rechnung trug.

## Alles supa im Bett?

Bitte schön, meine Freundin E ist ein durch und durch kopflastiger Mensch. Der mehrmals die Woche stattfindende Besuch einer Psychoanalyse ließ sie eine ziemlich lange Zeit aller Leichtigkeit Abbitte schwören, indem sie ständig jede banalste Regung ihrer Mitmenschen auf das Akribischste zu analysieren trachtete. Freitagabends frequentierte sie – trotz schriller Warnungen meinerseits – französische Problemfilme im Burgkino, in denen rüde verlassene Lehrerinnen, in der Hoffnung auf ein besseres Jenseits, sich im bleigrauen November-Atlantik ertränkten. Im Kinosaal waren eben nicht gerade sehr viele Menschen, aber die weinten alle. Und zwar leise. Meine Freundin E litt eben an unheilbarer Mainstream-Paranoia.

Irgendein Schalter in ihrer Seelenmaschinerie dürfte – es sei getrommelt und gepfiffen – jüngst umgekippt sein. Und plötzlich mutierte sie zu einer echten Dolce-Vita-E, einer »Gaudi-Maus«, wie meine Freundin BB diese Spezies nennt.

Gegenüber unserer Redaktionsstube hatte sich ein Kroate niedergelassen. Und wenn wir freitags, rechtschaffen erschöpft von all den Republikerschütterungen der Woche, dort hinüber wankten, orderten wir einmal eine Badewanne voll Prosecco bei J. J war der Mann, der diesen neuen Laden schupfte, beim Filetieren von Wolfsbarschen die Sorgfalt an den Tag legte, die beim Entkleiden von Primaballerinas angebracht wäre, und mit der Eleganz der Verschmitzheit Neurotikerinnen wie uns zu behandeln wusste.

Irgendwann, an einem dieser Prosecco-Badetage, blickte Mrs. Wo-geht's-hier-bitte-zur-Metaebene unseren J so von unten an und fragte: »Na, wie läuft's denn so im Bett?« J, durch und durch Herr der Lage, hob seinen Daumen in die Senkrechte und antwortete: »Ganz supa. Warum?«

Möglicherweise hatte unser Respektswert an diesem Nachmittag einen leichten Kursverfall hinnehmen müssen, aber wir fanden einstimmig: Auch diesen Luxus muss man sich als Frau von Welt leisten können.

## Österreich ist frei!

Die Liebe ist an sich eine so hübsche Angelegenheit. Ihr Scheitern zieht jedoch so hässliche Nachwirkungen nach sich. Nachwirkungen, die an der menschlichen Würde des Verlierers erhebliche Kratzspuren hinterlassen.

E's Seele ist zum Beispiel in einem Zustand, der Troja nach dem Einschleusen des Pferds gleicht. Und das schon bleiern lange und ohne Aussicht auf das geringste Happy End. Die Ursache ihrer Verwüstung ist nämlich längst in ein neues Glück getanzt. Anstatt dass sich E den Staub abklopft und brüllt »Hey, Leben! Was hast du jetzt für mich im Ärmel?« brütet sie blöd. Jeder Menschen, der ihrer Achillesferse inklusive der neuen Tante irgendwo in dieser Zivilisation angesichtig wurde, wird ausgequetscht: »Sah er schlecht aus?«, »Wie oft, nur so grob geschätzt, hat er sie angegriffen?« oder »Er hat doch sehr zugenommen, oder?«

Die US-Anthropologin Helen Fisher gab diesem Phänomen, das hart ans Obsessive grenzt, den Namen »Frustration-attraction«. Je unerreichbarer der Ex-Mensch für den geschassten Lebenspartner wird, desto intensiver zirkulieren seine Gedanken um den Verlorenen. Irgendwie hat sich die Natur das saublöd ausgedacht.

»E«, flüsterte ich, »weißt du, was das Schönste an so einem Liebescrash ist?« Sie sah mich jetzt kuhäugig an: »Der Appetitverlust?« »Nein. Dieser Moment, in dem dir am Abend einfällt, dass du den ganzen Tag nicht an den Typen gedacht hast. Stufe zwei: Du kannst und willst ihn dir nicht mehr nackt vorstellen. Stufe drei: In deiner Erinnerung kannst du sein Gesicht nur mehr schemenhaft rekonstruieren. Und irgendwann trittst du dann vor den Spiegel, schickst dir ein Luftküsschen und sagst: ›Österreich ist frei!‹ Und dann ist es überhaupt ursupervoll.« Sie quittierte meine Küchen-Therapie mit hilfloser Dankbarkeit und flüsterte: »Alles wird gut.« Ich hätte gute Lust gehabt, jetzt die Frage »Nur wann?« zu stellen, hielt aber an mich.

# Acht Hausfrauen aus Neulengbach

Ich nähere mich dem Phänomen Liebe neuerdings nassforschend. Im Zuge meiner Recherchen stieß ich auf die bezaubernde Therapeutin Doktor K. Doktor K erläuterte mir das Phasensystem der Liebe: »Symbiose, Widerstand gegen die Symbiose, Auslotung des Nähe- und Distanzverhältnisses, und dann, meine Liebe, kann es überhaupt erst zum erwachsenen Teil der Veranstaltung kommen.« Diese Theorie hatte den Effekt einer eisigen Dusche auf mein Ego. Offensichtlich bin ich im vergangenen Vierteljahrhundert immer vor diesem erwachsenen Punkt aus der Nummer ausgestiegen oder auch rausgepurzelt worden. Teufel aber auch! Apropos Symbiose: Für Außenstehende der unerträglichste Teil des Phasenprogramms. Symbiose beinhaltet schafsähnliche Blicke, Fütterungsrituale, tüchtig Haptik und Aufgabe des Ichs zugunsten eines großräumig eingesetzten Wirs.

»Wir brutzeln uns jetzt abends gerne ein schnelles Wok-Gericht«, schnurrt K, Symbiotikerin im Frühstadium, »und schlafen nachher bei offenem Fenster.« »Bitte erspar' mir alle widerlichen Details der dazugehörigen Löffelstellung«, flehte ich. »Nix Löffel«, antwortete die Frau, deren zweiter Vorname früher Toughness war, »wir schlafen nämlich gern Hand in Hand.« Hilfe, höchste WIRus-Stufe!

»Warum benehmen sich die coolsten Weiber, kaum dass ein Typ ein Zahnbürstchen bei ihnen deponiert, wie acht Hausfrauen aus Neulengbach?«, wollte ich von C wissen, die gerade in der »Nähe und Distanz«-Runde das Schlachtfeld geräumt hatte. »Weil einen Intelligenz bedauerlicherweise nicht vor Emotionen schützt«, antwortete sie mit einem »Fragen-Sie-Doktor-Sommer«-Blick, »und weil man sich in diesem Stadium einfach noch nicht vorstellen kann, dass man irgendwann einen hochpreisigen Therapeuten heuern muss, um unblutig zu regeln, wer an den ungeraden Tagen das Monopol auf die Fernbedienung hat ...«

Wir lachten, weil Humor, so mein Freund D, »die Zärtlichkeit der Angst ist«.

## Eclairtant

»Oh Lord«, flüsterte ich, »dich hab' ich ja ganz vergessen.« »Verdrängt heißt das in Neudeutsch«, konterte C und bahnte sich ihren Weg ins Allerheiligste, meinem – auf Grund fortgeschrittener körperlicher Schwächung – vorrangig dem TV-Genuss verschriebenen Boudoir. »Wieviel PS hatte der Traktor eigentlich, der dir gestern Nacht über das Gesicht gefahren ist?« Ich flüsterte: »Leut' gibt's ... das glaubt man gar nicht.«

Dann erzählte ich ihr von der gestrigen Geburtstagssause einer peripheren Bekannten, die so endete, dass der Vater ihrer drei Kinder heftig mit dem Servierkörper der Lokalität zu schnäbeln begonnen hatte. »Sah die so umwerfend aus?« »Der, meine Liebe, der. Der Servierkörper war ein Mann.« »Oh, Lord«, setzte C sich jetzt nieder, »Altersschwulität soll ja in den besten Familien vorkommen. Ein echtes Eclair also.«

C laborierte an einer bezaubernden Fremdwortschwäche. »Es kam dann noch eclairtanter … der Mann brüllte, dass sein Leben bislang eine einzige Lüge und er eigentlich schon immer schwul gewesen ist.« »Und wie reagierte die Frau zur Lebenslüge?« »Zuerst mit Blässe um die Nase und dann zerrte sie das Foto des Gatten aus der Brieftasche und hüpfte darauf herum. Exorzismus pur!«

»Du kennst Leute«, fand C jetzt, »der höchste Exzessgrad meiner Einladungen ist allenfalls ein Ententanz zum Ketchup Song.«

Ich versank in dem Cola-Light-Kübel und sagte: »Es dürstet mich so sehr nach Normalität. Kannst du mir nicht ein paar feste Angestellte vorstellen, die sich zu Diavorträgen von Fernreisen oder Trivial-Pursuit-Abenden zusammenrotten?« »Jede Menge«, konstatierte C gelassen und bediente sich am Kater-Buffet, »nur würdest du wahrscheinlich ehebaldigst schreiend davon laufen. Was ich wiederum den fix Angestellten nicht zumuten möchte.«

Wieder einmal zeigte sich, dass Vernunft und Wahnsinn wie Mann und Frau sind. Einfach nicht konsensfähig.

## Ein devoter Fußabstreifer

Z war eine Tragödie in Kaschmir. Ihre jüngste Diesmal-wirklich-für-immer-Liebe lag in Trümmern. »Das war's«, raunte sie, »ich bin nun einmal für das Rollenfach der Cinderella gänzlich ungeeignet.« »Cinderella war ein devoter, kleiner Fußabstreifer von depressiver Natur, der sich von allen Leuten herumschubsen ließ. Willst du zu einer Art Frauen gehören, deren Glück darauf basiert, dass sie vor Mitternacht die Party verlassen hat, um zu bügeln, und dabei auch noch einen Schuh verlor?« »Solange es kein Sergio Rossi ist«, schnäuzte sie sich jetzt, »was macht er jetzt wohl?«

»Der Prinz hat inzwischen Cinderella königlich abgefunden, damit er mit der 90-60-90-Tochter ihrer ersten Hofdame einen Neustart hinlegen kann. Er konnte den Anblick dieses kleinen Collagen-Schlauchboots, das früher einmal Cinderellas Lippen waren, einfach nicht mehr länger ertragen. Cinderella sucht Trost und Sinn bei Yoga und Bastelarbeiten mit Behinderten.« »Danke für diese der neuen Sachlichkeit verschriebene Märchenstunde«, sagte sie, »aber ich habe meinen Ex gemeint.« »Sich in Sack und Asche wälzen und mit wässrigen Augen die Memorabilia des verlorenen Glücks streicheln ...« Sie erwachte: »Wirklich?« »... wird er eben ganz sicher nicht. Diese Testosteron-Tierchen sind Weltmeister zwischengeschlechtlicher Flexibilität ...« »Du meinst, er wird gleich wieder ...« »... sich auf die Suche nach der großen Liebe begeben und auf dem Weg dorthin mit ganz vielen Frauen schlafen müssen.« »Manchmal wäre ich gern ein Mann.« »Stell' dir vor, die ganze Zeit dieser ›Wer-hat-hier-den-längsten?‹-Stress ... nicht auszumalen.«

»Touché«, gab sie mir Recht, »der Penisneid ist nämlich de facto eine rein innermännliche Angelegenheit.« »Und wer von uns beiden wird es Freud schonend beibringen?« »Der, der den kürzeren zieht«, sagte sie und hielt mir, schon wieder recht fröhlich, zwei Streichhölzer hin.

# Ex-zesse

Mit einem sardonischen Lächeln im Gesicht flüsterte mir meine Bürozimmernachbarin K: »Weißt du, wovon ich träume?« »Von einem funktionierenden Kaffeeautomaten, einem Fünfsterne-Leben nach dem Tod, Cellulitis ausschließlich bei Männern?«

»Nicht so trivial. Ich träume von einer Dinnerparty, bei der alle Männer meines Lebens versammelt sind.« Ich unterdrückte die einfach zu billige Ansage: »Sollen wir einmal einen Kostenvoranschlag von der Wiener Stadthalle einholen?« Sie fuhr ernüchtert fort: »Das Projekt ist leider zum Scheitern verurteilt. Männer verzeihen nie, wenn sie verlassen wurden. Und empfinden es als Zumutung, dass man ohne sie nicht in der Gosse gelandet ist.« Mein Unbewusstes verschlang die Vision offensichtlich gierig, denn schon in der Nacht darauf träumte ich von einem stalinistischen Schauprozess, den meine Exis einberufen hatten.

»Diesä amour fou one Offnung hat mich so traurig gemacht«, flennte der Pariser Austauschstudent, der noch immer eine Rundschnitt-Frisur und Pullunder trug. »Logisch, dass ich keine Alimente zahle«, motzte der Kindsvater, »noch heute blicken mich 17 einzelne Kaschmirsocken vorwurfsvoll an, weil ihre Partner angeblich von einem Wollfress-Monster verputzt worden sind.« »Du hast versprochen, dass du mich am Nachmittag zurückrufst« vermeldete der superöde Investment-Beau, den ich wegen eines quietschfidelen Alkoholikers aus relativ unbebauter Landschaft in die Wüste geschickt hatte, »dieser Nachmittag liegt sieben Jahre zurück.« »Hört mal, Jungs«, winselte ich um Gnade, »ich habe alle meine Gemeinheiten zigfach von anderer Adresse zurückbekommen. Lasst mich raus!«

Ich musste ziemlich laut um mein elendes Leben gekämpft haben, denn jetzt stand meine Tochter am Bett und sagte: »Alles in Ordnung, Mami! Hier ist kein einziger Mann in der Nähe.« Und dann setzte sie im Kommandoton nach: »Und das möge auch bitte so bleiben.« Kinder!

## Völlig gaga

»Na, was sagst du?« »Wozu?« Jetzt blickte B so beleidigt wie das Schlusslicht eines Provinzen-Missencontests: »Na, nicht zum Atlantikhoch Ivan und den neuen Herbstfarben. Zu IHM natürlich.« »Ja, eh …« »Ist er nicht hinreißend!?!« »Mindestens.« »Diese feinnervigen Hände, dieses durch den Schalk der Reife patinierte Bubenlächeln!« »Du hast die Eleganz seines Fersenschwungs schmählich außer Acht gelassen und auch den subtilen Reiz seiner Öhrchenmuscheln.« »Ach, Pollylein … ich bin ja komplett durch die Uhr.« »Aber geh'! Du hast soviel Bodenhaftung, wie jeder Mensch, dessen Hormonhaushalt aus den Angeln ist.« »Du als Marcel Reich-Ranicki des Beziehungsconsultings …« »Tausend Rosen …«

»Geschenkt! Dieses Wochenende fährt er übrigens auf's Land zu Freunden.« »Na herrlich, etwas Sauerstoffzufuhr wird auch dir nicht schaden.« »Das ist ja das Drama: Er hat mich mit noch keiner Silbe gebeten, ihn zu begleiten.« »Falott, der!« »Ich habe zwei Erklärungsmodelle: Möglicherweise war er sich als Kind der Liebe seiner Mutter nie sicher und verlangt deswegen von seinen Frauen, dass sie die emotionalen Karten auf den Tisch legen.« »Wie bitte?« »Ich meine, vielleicht muss ich einfach ›Will mit!‹ winseln.«

»Her mit Variante zwei!« »Vielleicht sind am Land grimmige Kreaturen zugange, die er meinem Niveau einfach nicht zumuten will.« »Vielleicht aber möchte er einfach nur seine Ruh' haben – Marke garstige Lieder, harte Getränke, Testosteron in Gesprächsform.« »Du Rohnatur!« »Schatzerl, Männer sind einfach nicht so kompliziert, wie wir sie gerne hätten.« »Wie können sie uns das nur antun?« Jetzt begann ich zu singen: »I beg your pardon, they never promised you a rosegarden.« Wer hat heutzutage schon Zeit für Gnade?!

## Unrasierte mater dolorosa

K war in eine Männerdomäne eingebrochen. Sie hatte ihren Mann verlassen, weil eine um zehn Jahre jüngere optische Raubkopie des Gatten ihr glaubwürdig zu vermitteln imstande war, dass sie die begehrenswerteste Frau auf diesem Planeten präsentiert. Feuer am Dach. Denn K hatte zwei entzückende Kinder, bei denen sie anlässlich der Festtagsstimmung ihres Unterleibs jetzt nur am Wochenende ihre Mutterschaft exekutierte. Logisch, dass K's Image im Bekanntenkreis irgendwo zwischen Messalina und Medea positioniert war.

»Meine Adresse heißt jetzt Schlachtbank«, seufzte sie, »aber ich kann nicht anders. Erstmals seit sieben Jahren spüre ich mich wieder.« Dieser Satz ist sattsam bekannt aus dem männlichen Rechtfertigungsrepertoire. Wenn Jungs im Spätsommer ihres Lebens von Frühlingsgefühlen übermannt werden und von Haus und Hof sprengen, pflegen sie gerne Phrasen wie »Karin hat mich aus dem emotionalen Koma geweckt« abzuschießen. Bei den Herren war dieser Verhaltensweise im Laufe der letzten zwei Millionen Jahre eine unangefochtene Salonfähigkeit zuteil geworden. K's verlassener Gatte hat sich's jetzt im Rollenfach einer unrasierten »mater dolorosa« gemütlich gemacht. Er würde den Kindern in Zukunft die schnöde Mutter ersetzen. Überdies ist er der Meinung, dass K in Zukunft für die Brötchen zu sorgen hätte.

»Dieser Loser«, fauchte sie, »jetzt hat er endlich einen Grund, völlig aus der Erwerbstätigkeit auszusteigen ...« Dann weinte sie: »Ich liebe meine Kinder, aber ich ertrage keinen Mann, der nichts auf die Reihe kriegt und mir abends in einem mit Spinatflecken übersäten Jogginganzug erzählt, was bei Barbara Karlich abgegangen ist.« Harte Zeiten für Softies. Haben wir nicht irgendwann lauthals nach dieser Typenvariante gebrüllt? »Wie sagte Konrad Adenauer so schön«, konterte K, »was kümmert mich mein Geschwätz von gestern?«

# Der Cola-Light-Mann

M's Cola-Light-Mann hatte gekündigt. Schmerzgezeter. »Darling«, tröstete ich sie, »er war sowieso nicht der Richtige.« »Bis der kommt«, rief sie, »habe ich die Zähne sowieso auf dem Nachtkastl und bis dahin möchte ich mit den Falschen Spaß haben.« »Das Wesen der Cola-Light-Männer ist eben, dass sie vorübergehende Erscheinungen sind. Du bist ja nur sauer, dass du nicht Schluss gemacht hast.« »Ich kann jetzt alles außer der Wahrheit vertragen«, schniefte sie.

An dieser Stelle, geschätzte Leser, sollte ich Sie über Wesen und Funktion eines Cola-Light-Manns in Kenntnis setzen. Mit so einem möchte man nicht nach Hietzing ziehen und nicht über Benitas »Linken Emanzen«-Spruch debattieren. Man möchte ihn auch nicht seinen zehn besten Freundinnen vorstellen und unter seinem wohlwollenden Blick Jamie-Oliver-Rezepte nachkochen. Ein Cola-Light-Mann ist in handwerklichen Berufen zu finden oder erteilt Unterricht in Freifächern (Golf, Yoga, Reiten); er sieht gut dreckig aus und weiß, wie Frauen fernab des guten Gesprächs zu behandeln sind.

»Also«, unterbrach sie jetzt meine Tirade, »wo bleibt der Trost?« »Früher«, seufzte ich, »war alles viel einfacher. Als wir mit zwölf alle in ›Vom Winde verweht‹ gepilgert sind und meine Mädels furchtbar enttäuscht waren, habe ich ihnen um fünf Schilling ein glückliches Ende geschrieben. Scarlett verliebt sich volles Karacho in den Gärtner und Rhett, daraufhin gallgelb vor Eifersucht, beschließt sich, ganz wider seine Natur, gut zu benehmen.« »Und was, was kannst du mir heute für, sagen wir, eine Flasche Gin bieten?« »Stell' dir vor, dein Cola-Typ verlässt seine Spinatstrudel brutzelnde Gerti und steht vor deiner Tür. ›Ich möchte‹, sagt er ganz ernst, ›dass unsere Beziehung mehr Tiefgang bekommt. Sex ist nicht alles.‹ Und dann zieht er sich was Bequemes an und parkt sich vor deinem TV-Gerät ein …« »Hör' sofort auf«, brüllte sie, »da vergeht's einem ja.«

Sieg auf der ganzen Linie!

# Hotel Sally

Eine fast beunruhigende Kathedralenstille, verglichen mit dem sonstigen Geräuschpegel, der in diesem Etablissement herrschte. Denn irgendwo waren ansonsten immer gedämpfte Eruptionen von Schluchzen wahr zu nehmen oder die Fetzen eines Telefonats, durch das ungefähr solche Sätze flogen: »Später? Du sagst später … Wir hätten viel früher damit aufhören sollen, später zu sagen!« oder »Diese Mediations-Tante kannst du dir rektal … das Lilien-Porzellan gehört mir … das hat uns meine Mutter …« oder »Wie meinst du das exakt: Gemeinsam sind wir nur die Hälfte wert, ha?« oder »Wann, Herr Doktor, verdammt genau greifen diese Serotonin-Wiederaufnahmehemmer eigentlich?«

Sally saß in der Lobby und betrachtete auf dem Flatscreen die Mutter aller Boxkämpfe – den Fight zwischen Mohammad Ali und George Foreman,

Kingshasa 1971, der unter dem Slogan »Rumble in the Jungle« in die Geschichte eingegangen war. Ihre Füße hatte sie hoch gelagert, auf ihren mit der Farbschattierung »Gotische Pflaume« lackierten Zehen steckten diese regenwurmfarbenen Schaumstoff-Spreizer, die angeblich so wertvolle Hilfe bei der Fußpflege leisteten. Sally tauchte ein Taco-Chip in einen Tiegel feuriger Sauce und war ziemlich eins mit sich und dem Universum.

Soviel prachtvolles Testosteron auf dem Bildschirm, mit dem immensen Vorteil, dass man es genießen konnte, sich aber gleichzeitig in einem wohltuenden Sicherheitsabstand davon befand. Sally empfand ganz abgesehen vom ästhetischen Lustgewinn das Betrachten von Boxkämpfen als immens beruhigend. Hier herrschte Ordnung durch strikte Regeln, hier waren Gewinner und Verlierer klar definiert – ohne Grauzonen und therapeutischen Firlefanz. Wenn die Liebe in einen Krieg umschlug, dann führte nämlich die Unberechenbarkeit das Kommando. Und genau in diesem Denkansatz witterte Sally eine Marktnische, für die sie das »Hotel Sally« erfunden hatte.

Wenn die Liebe eine Bruchlandung hinlegt, hatte sie sich gedacht, verliert man doch oft den Boden unter den Füßen. Und zwar vor allem den der früheren gemeinsamen Wohnung. Für solche Fälle müsste man ein Auffanglager für Beziehungsdeserteure und Geschasste installieren, eine Tauchstation für ertrinkende Seelen, eine Ausnüchterungszelle für desillusionierte Romantiker und einen Wartesaal für ein neues Leben gestalten. All diese poetischen Worte waren definitiv nicht auf Sallys Mist gewachsen, sondern stammten aus dem Pressetext anlässlich der Eröffnung des Hotels. Den hatte ein Germanistikprofessor verfasst, der zugunsten seines Rilke-Dissertanten verlassen worden und gleichzeitig Sallys erster Kunde gewesen war.

Sally gehörte übrigens nicht zum Schlag der Romantikerinnen. Eine Flasche Champagner im Kühlschrank deckte ihren Bedarf an Romantik. Diese Eigenschaft hatte sie sich hart erarbeitet. Fünfzehn Jahre lang hatte Sally im Hinterhof des ersten Bezirks eine »American Bar« geführt. Und während dieser Zeit hatte sie mit dermaßen vielen Männern geschlafen, dass ihr das Schätzungsvermögen für die absolute Zahl der Beschlafenen abhanden gekommen war. Sie wusste nur, dass ein exorbitanter Prozentsatz der Geschlechtsverkehrten nicht gehalten hatte, was ihr Gang versprochen hatte. Ein etwas kleinerer Anteil hatte einen zeitlich sehr überschaubaren Ewigkeits-Begriff besessen. Und meistens hatte sich dieser Ewigkeitsanspruch schon nach dem ersten Mal in die Übersichtlichkeit verflüchtigt.

Aber ja, immer wieder wäre Sally durchaus bereit gewesen, ihrer Hoffnung auf ein »Happy End« noch einmal auf die Sprünge zu helfen. Doch immer war was dazwischen gekommen. Und zwar nicht bei ihr, sondern bei denen. Dabei war Sally gar nie auf einen bestimmten Typen festgelegt. Also von heikel konnte wirklich nie die Rede sein. Sie hatte es mit diesem Installateur versucht, der ihr immer wieder versicherte, dass seine Ehe ein totaler Rohrkrepierer war und er im Bett noch nie so »an der Himmeldecken g'kratzt hat«, wie mit ihr. Irgendwann, sie lagen gerade in einem Stundenhotel im zweiten Bezirk, was für den Installateur den Gipfel vorstellbarer Frivolitäten darstellte, hatte er ihr mitgeteilt, dass er eine Scheidung nicht einmal andenken könne. So sehr er es auch wollte. Finanziell einfach nicht machbar. Es tue ihm so leid, aber Vernunft käme auf seiner Checkliste leider vor Leidenschaft.

Dann hatte sie ihr Herz an einen Software-Yuppie vermietet, der wie ein verwundetes Tier an ihre Bartheke gekrochen war. Frisch geschieden und dementsprechend abgezockt. Der Software-Yuppie, mit seinem Altbuben-Lächeln und seinen blödsinnig bunten Stecktüchern im Sakko, war auf ihren mütterlichen Instinkten Trampolin gesprungen. Sie hatte sich nächtelang angehört, was für eine eiskalte Person diese Marketing-Zampana gewesen wäre, die er idiotischerweise für die Liebe seines Lebens gehalten hatte. Sie hätten sich bereits in einer von preisgekrönten Jung-Architekten gestalteten Reihenhaussiedlung ein neues Heim gesichert, waren schon auf der Bank gewesen, um die Finanzierung zu besprechen. Und dann saßen sie eines Abends in dieser verschwiegenen kleinen Trattoria in Wien-Neubau, sie säbelte wie immer lustlos an einem fast fettfrei gegrillten Branzino und servierte ihm dazu folgenden Satz: »Wenn du einen Raum betrittst, höre ich keinen Engelschor mehr singen.« Diese Geschichte hatte sich Sally, nun ja, auf jeden Fall bis zum Abwinken, angehört. Menschen, die von der fixen Überzeugung sind, dass ihnen in der Liebe eine himmelschreiende Ungerechtigkeit widerfahren ist, tendieren ja ganz allgemein dazu, sich in der Endlosschleife zu wiederholen.

Irgendwann hatte sie den Software-Yuppie, dieses hinreißende Häufchen Elend, lange angesehen und dann mit trockener Stimme gesagt: »Komm', wir gehen nach Hause.« Erstaunlicherweise hat er nur genickt, wahrscheinlich resignierend, was sie damals natürlich nicht hatte sehen wollen, und sie hatte ihn an der Hand genommen und war mit ihm in ihre Wohnung gegangen.

Sieben Monate hatte sie ihn dort aufgepäppelt. Er hatte sogar schon seine Boxershorts, alle mit so originellen Motiven, in einem von Sally liebevoll zusammengebauten IKEA-Schrank mit dem poetischen Namen »Sörensen unbehandelt« deponiert. Und dann hatte auf einmal bei ihm der Engelschor, sollte je einer da gewesen sein, sein Programm eingestellt. Es war knapp vor der »Millionenshow« an einem Samstag. Sally wusste das deswegen so genau, weil sie sich für diesen Samstag extra eine Bar-Vertretung organisiert hat, um sich und dem Software-Yuppie ihre Idee einer gemütlichen Wochenendidylle vorzugaukeln. Nach dem Verzehr des Hühnercurrys hatte er angemerkt: »Liebe Susi! Ich danke dir für alles. Du hast mir wirklich wieder Boden unter den Füßen gegeben. Aber, so Leid es mir tut: Ich brauche keine Mutter, sondern eine Frau.«

In diesem Moment hatte Sally beschlossen, nicht mehr Susi heißen zu wollen und hatte ihrer Umgebung in einem Rund-E-Mail mitgeteilt, dass sie von nun an Sally genannt werden wolle. Sie liebte den Lou-Reed-Song »Sally can't dance no more.« Mit dem Software-Yuppie hatte sie noch eine Nacht in der Löffelstellung verbracht. Trotz ihrer Wut konnte er sie noch immer rühren, wenn er so dalag, wie ein hingegossenes Kind, in dieser perfiden Hilflosigkeit, die sie so wehrlos machen konnte.

Am nächsten Morgen hatte sie ihm noch seine kleine Sporttasche gepackt und war auf sein von schlechtem Gewissen getränktes Bleiben-wir-doch-Freunde-Angebot nicht eingegangen. Nein, danke, wirklich nicht. Sie hatte überhaupt keinen Bock, dem Mann, der sie ja, o. k., verletzt hat, noch einmal ins Gesicht zu sehen. Und ihm mit dieser »Aber-ja-Freunde-warum-nicht«-Konsensfähigkeit vielleicht auch noch dabei zu helfen, sein schlechtes Gewissen zu sedieren. Und sich in Folge davon zu allem Überfluss als Ezzes-Geberin für seine aktuellen Amouretteln zu profilieren. Nein danke, ganz lieb!

Freunde hatte sie außerdem mehr als genug. Denn Sallys Großzügigkeit war für viele ein herrliches Ruhekissen. Als ihr Hemma, ihre mürrische Großtante mit dem nicht zu domptierenden Damenbart, ihr völlig überraschend ihr kleines Theaterhotel in der Josefstadt vermacht hatte, beschloss Sally ihre Fähigkeiten, anderen Leuten ein Ruhekissen zu bieten, zu Geld zu machen. Statt auf Gastrollen beschränkten Schauspielern residierte in der ehemaligen Pension »Zum Nestroy« jetzt Ehe-Strandgut der verschiedensten Sorte.

Ihre Klientel rekrutierte Sally vor allem von Rechtsanwälten, denen sie sich in ihrer Barzeit ans Herz gearbeitet hatte. Die drückten jenen Mandanten, die in den rauchenden Trümmern ihrer Beziehung standen, den »Hotel Sally«-Folder in die Hand und bekamen pro monatlicher Aufenthaltsdauer und Klient von Sally einen grünen Schein als Vermittlungsgebühr. In den Zeiten emotionaler und auch wirtschaftlicher Krisen mussten eben alle ein bisschen enger zusammen rücken. Networking ahoi!

Sally räkelte sich wohlig in ihrem boudoir-roten Lehnstuhl. Die Pflaumenzehlein waren getrocknet. Mohammad Ali hing wie ein todmüder Elefant in den Seilen, aber plötzlich stemmte er sich noch ein Mal gegen sein Schicksal und die alte Boxregel »They never come back«. Mit vier Schlägen wurde der um sieben

Jahre jüngere Foreman vernichtet. »Ich sehe Alligatoren mit Posaunen«, hatte Ali gestammelt, als auch sein Geist den unvorhergesehenen Triumph zu realisieren begann. Darauf musste dringend ein Schlückchen Wodka getrunken werden. Durch die Schwingtür, an der das Schild »No vacancies« baumelte, sah Sally den Widerschein des pinkfarbenen Lichts, das sich von den »Hotel Sally«-Neonbuchstaben seinen Weg durch die Nacht brach, leuchten.

Die Bude war krachevoll mit im besten Fall angeschlagenen, meistens gebrochenen Liebeskranken und generell vom Leben um's Ohr Gehauenen, die erst langsam wieder gehen lernen mussten.

Abgesehen von Serge, dem promiskuitiven Pinsler, sexsüchtig und auf der Flucht vor seinen vielen Ex-Frauen. Serge, dessen silbermelierte Freiheitskämpfermähne auch schon ein bisschen zur Schütterheit tendierte, wusste zwar immer, dass er nicht alles, was bei zwei nicht auf den Bäumen war, flach legen konnte. Aber er besaß jene Art von Sportsgeist, den aussichtslose Matches zur Hochform auflaufen ließen. Die Früchte dieser Marathons waren zahlreich, die dazugehörigen Mütter sehr wütend. Mehrere Unterhaltsklagen liefen gegen Serge. Deswegen rangierte er im »Hotel Sally« als U-Boot. Sie unterstützte Serges kleinkriminelle Energien, weil es ihre einzige Chance war, an ein bisschen Kohle zu kommen. Das wirklich Sympathische an Serge war, dass er sich nicht einmal bemühte, seiner Umwelt vorzugaukeln, dass er ein guter Mensch wäre. Das gefiel Sally ausnehmend. Sie hatte nämlich die Nase voll von all den Kleindarstellern ihrer nicht vorhandenen Größe.

Neben Serge residierte Lotte, die Supermanagerin und Karrierefrau, deren Karrieremann mit einem biederen Hausmütterchen durchgebrannt ist, weil er ihre Berufsbesessenheit als Impotenzmittel empfunden hatte. Und jetzt verweigerte er ihr die Kinder, weil sie ihre Mutterschaft seiner Meinung nach ohnehin immer nur als Nebenbeschäftigung ausgeübt hatte. Lotte hatte panische Angst vor dem Alleinsein, deswegen klebte sie seit Monaten im »Hotel Sally« und zögerte die Suche nach einer neuen Wohnung unter Erfindung der abenteuerlichsten Ausreden hinaus. Lotte bedurfte dringend eines Rachemanagements, denn bisweilen verbrachte sie Nachmittage damit, die Fotos ihres zukünftigen Ex mit Hitler-Bärtchen und Teufelshörnern zu übermalen. Es war manchmal wirklich furchtbar mit anzusehen, was diese Liebescrashs mit Menschen anrichten konnten.

Im Stock darunter hauste Ivan, der alternativ-esoterische Yogalehrer, dessen Frau mit einem dicken Gourmetkritiker durchgebrannt war. Ivan war die lebende Antithese zu allem Dionysischen. Er sprach mit seinem Salat und entschuldigte sich bei ihm, dass er ihn zerstören würde, eh er ihn verzehrte. Auch seinem Körper gönnte er keinen Spaß, sondern verrenkte ihn über Stunden in sehr ungesund aussehenden Positionen, die »Das Krokodil erwacht« oder »Nichts entgeht dem aufmerksamen Krieger« hießen. Irgendwie konnte Sally die Ex-Ivan-Frau ziemlich gut verstehen.

Und dann war da noch Lola, die Frontsängerin der Neue-Welle-Band »Fräuleinwunder«. Eine echte Sonderpatientin. Völlig aufgelöst hatte sie vor einer Woche nachts in ihrem Hochzeitskleid um Aufnahme gewinselt. Aber ja, nirgends geht's so zu wie auf der Welt. Sie war von ihrer eigenen Trauungsparty abgehauen, einem Riesenauflauf von B- bis C-Promis.

Denn Lola war kurzfristig durch den Hit »Meine Venus liegt im Koma« ins Bewusstsein der Öffentlichkeit geflattert.

Sally war voll des Mitleids für das schlaksige Wesen mit den dunklen Augenringen gewesen. Wahrscheinlich hatte der »Fräuleinwunder«-Gitarrist und Neo-Bräutigam gewalttätige Züge offenbart, die vor dem Ja-Wort noch im Verborgenen schlummerten. Klassischer Fall von Fehlglaube. Bei viel Wodka hatte Lola Sally gestanden, dass sie dieser Mick atemberaubend vergöttere. Und zwar so sehr, dass sie diese geballte Ladung an Zuwendung eigentlich nicht mehr ertragen könne. Das sei ihr eiskalt eingeschossen, als die Hochzeits-Combo fatalerweise den Song »It ain't me, babe« angestimmt hatte. Beklemmungszustände, volle Kanne. Solche Beklemmungszustände, dass sie einfach einmal nur in die Nacht gelaufen sei.

Ja ja, klar, kannte sie den Film »Lola rennt«. »Stell' dir einmal vor, Sally«, hatte sie gelallt, »du musst um nichts mehr kämpfen. Der Typ schickt dir pro Tag acht SMS und quasselt dir fünf Mal auf die Mailbox, dass er dich so sehr liebt, immer lieben wird und noch nie jemand so sehr geliebt hat wie dich. Woher soll man denn da bitte noch die Sehnsucht nehmen? Woher, haaa?«

Nach diesen Worten war Lola, die in Wahrheit Silvia hieß, auf dem Sofa in sich zusammen gesunken, und hatte nur noch einmal, als Sally sie zugedeckt hatte, gemurmelt: »Immer, immer ist er da, morgens, abends, mittags … zum Kotzen.« Wenig später reiherte sie auch in den Kübel, den Sally, der alte Profi für Übelkeiten jeglichen Zuschnitts, prophetisch-pragmatisch bereitgestellt hatte.

Brrr! Sally versuchte die Erinnerung an den Lola-

Kotz-Geruch mit einem kräftigen Schluck Wodka zu vertreiben. Sie rieb ihre Füße mit einem Minz-Peeling-Gel ein und kleckerte sich dabei ein wenig von dem Zeug auf ihr »Rock' n' Roll ist keine Kurveranstaltung«-T-Shirt, dass ihr Lola geschenkt hatte.

In diesem Moment läutete es an der Tür.

»Wir sind knackevoll«, brüllte Sally und machte sich nicht einmal die Mühe, die Botschaft persönlich zu überbringen. Die Person an der Tür wollte sie nicht ernst nehmen. Sally quälte sich aus ihrem Stuhl. Sie öffnete die Tür und kläffte erst einmal, ohne die Gestalt in der Dunkelheit zu taxieren: »No vacancies ... können's ka Englisch?« »Es ist bitte ein Notfall, bitte«, sagte eine Stimme, die Sally verdammt bekannt vorkam. Die Stimme blickte auf ihre mit minzgrüner Paste voll gekleisterten Füße und murmelte: »Oh, ich fürchte, ich störe.« »Da fürchten Sie richtig«, antwortete Sally, »ich bin komplett zu ... alles voll. Gerade die Besenkammer ...« »Die Besenkammer wäre in Ordnung ... nur für heute. Ich bin nämlich gerade rausgeflogen und der Taxifahrer hat mir gesagt, dass dieses Hotel für Fälle wie mich ...« Die Stimme trat ins trübe Licht des Flurs.

Dio santo und porca miseria! Beim Fluchen liebte Sally die italienische Art. Es war der Software-Yuppie, der auch rein optisch wirklich nicht seinen besten Tag hatte. Das Haar hing ihm strähnig ins Gesicht, der Schlips mit dem witzigen Fliegenpilz-Dekor baumelte traurig von seinem wesentlich abgemagerten Hals, der ein bisschen etwas Vogelartiges bekommen hatte; dicht an sich gedrückt hielt er eine kleine Sporttasche. Nicht die von damals, aber ein ähnliches Modell. »Na, schau' dir was an«, sagte Sally langsam, denn sie wollte jede Zehntelsekunde dieses Triumphs auskosten,

»der Herr Helmut Moosbruger persönlich. Läuft's mit den Frau Müttern gerade nicht so tosend?«

Das Software-Yuppie-Gesicht verzerrte sich zu einem Ausdruck, der auch von einer Fischvergiftung hätte herrühren können. »Susi?«, stammelte er jetzt, »arbeitest du hier?« »Susi lebt nicht mehr hier«, grinste Sally jetzt, »ich heiße Sally und mir gehört der Laden.« Der fischvergiftete Software-Helmut ließ sich jetzt, ohne sich mit Höflichkeiten aufzuhalten, in den Boudoir-Roten fallen, und seufzte: »Sachen gibt's! Mir bleibt auch wirklich nichts erspart.«

Als ob dieser Abend von einem Spezialisten für Boulevardgrotesken inszeniert worden wäre, stand auf dieses Stichwort jetzt Serge mit nacktem Oberkörper und einer mit Farbklecksen übersäten Trainingshose auf der Treppe. »Sally-Schatz, ich sitze am Trockenen, kannst du mir mit etwas Wodka aushelfen«, polterte er und sah das Software-Elend wie etwas an, was die Katze von draußen herein geschleppt hatte. Sally musste an den schwachsinnigen Spruch denken, dass Rache ein Gericht ist, das am besten kalt gegessen wird. Wie sehr hätte sie dem Sporttaschen-Heli damals nässende, unheilbare Hautausschläge an den ganzen Körper gewünscht, und jetzt ... nach drei Jahren. Egal, es fühlte sich trotzdem gar nicht übel an. Sie zwinkerte Serge zu und deutete ihm, runter zu kommen. »Darf ich vorstellen, das ist Serge, mein Mann. Helmut, Helmut Moosbruger.«

Serge, der dankenswerterweise zu der immer rarer werdenden Spezies der Blitzkneißer zählte, schritt, gleich voll im neuen Revierstolz, die Stufen runter und streckte dem Besucher seine kräftige Hand entgegen: »Freut mich, freut mich sehr ... Sally hat mir ja schon ... hähä ... soviel von Ihnen erzählt.«

Software-Heli duckte sich nach diesem Satz wie unter einem Peitschenschlag.

Zwölf eisbrechende Wodkas später, während denen Helmut Sally und Serge über das Scheitern in der zweiten Runde mit der eiskalten Marketing-Zampana in allen Details unterrichtet hatte, stand Sally in der Küche und wärmte China-Suppe süß-sauer aus der Dose. Plötzlich spürte sie, wie sich zwei starke, farbbekleckerte Arme um ihre Hüften schlangen und eine heisere Stimme ihr ins Ohr flüsterte: »Das Milchbubi schläft jetzt, aber ich bin noch ganz wach.« Sally drehte sich um und schenkte ihm einen Fünfsterne-Kuss. Da lachte er und retournierte das Geschenk.

Über die Zukunft konnte man sich ja noch dann ordentlich Sorgen machen, wenn man die Gegenwart ausführlich umarmt hatte, war sich Sally jetzt ganz sicher.

## Kommt nicht zu spät!

»Morgen kann ich nicht«, piepste Z kokett verschämt, »morgen hab' ich nämlich ein Date.«

Wie hieß dieses Täuschungsmanöver in Form einer gemeinsamen warmen Mahlzeit, das auf eine koitale Begegnung abzielt, eigentlich früher? Bevor der Begriff Date nämlich durch die US-Vorabend-Serien an unser Sprachufer gespült wurde?

»Du bist wunderschön«, sagt dort dann irgendein aknedurchfurchter Vorabend-John, wenn Jennifer verlegen lächelnd in einem Polyester-Alptraum von Kleid auf der Stiege erscheint. Mr. und Mrs. Connelly, die stolzen Eltern der Polyester-Braut, knuffen sich zärtlich in die Seiten und Dad Connelly gibt seiner Tochter dann noch den Strategiehinweis: »Komm' nicht zu spät!« Sorgt er sich stellvertretend für Vorabend-John, dass dieser, gestresst durch das elendslange Klitoral-Warm-up seiner Jenny, den Fond seines lächerlichen Fords durch allzu frühe Ejakulation versauen könnte? Sie sündigten in einem Ford, stand schon in der Bibel zu lesen. War das das erste Product-Placement?

Und wie lief überhaupt das allererste Date der Menschheit ab? Hat Gott Adam angemailt?: »Geschätzter Abhängiger, lieber Adam! Bitte folgenden unverbindlichen Vorschlag unter allen Umständen zu befolgen: Triff' dich doch einmal mit dieser Eva. Schnabuliert's einen Apfel miteinander, vielleicht auch zwei, lernt's euch so richtig kennen. Diese Eva ist Vollzeit-Nudistin, deswegen sind auch die Haltungskosten im grünen Bereich. Ich kenne außerdem keine mit einem besseren Körper, ehrlich nicht. O. k., o. k., sie hatte einmal was mit einer Schlange. Aber das ist vorbei, ehrlich. Sie liest nicht einmal mehr das Horoskop dieser Schlange ... Also sei ganz relaxed, es ist ja schließlich nur ein Date ... «

»Hallo«, rief Z jetzt laut in den Hörer, »ich habe also ein Date ... freust du dich nicht für mich«, während ich mich leise wunderte, dass die Menschheit noch nicht ausgestorben war.

## Hauptsache, du bist unglücklich

»Ein Drama, ein einziges Drama«, schluchzte K. »Endlich einmal was Neues auf deinem Spielplan«, setzte ich ihrem Nervenkostüm noch eins drauf. »Es ist keine Tusnelda«, gellte sie. Für Laien: Es ging um die Nachbesetzung bei K's akutem Ex.

»Sie ist Unfallchirurgin, intelligent, flickt in ihrer Freizeit in Angola Minenopfer zusammen«, winselte sie, »findet Ausgleich im Cellospiel und sieht dabei noch unprätentiös gut aus.« Ich verstand die Aufregung nicht wirklich. »Mäusezahn«, flötete ich, »zünde drei Kerzen an. Schließlich gibt es doch nichts Entwürdigerendes für Kaliber wie uns gegen ein geistiges Quietschentchen ausgetauscht zu werden. Da fragt man sich doch dann, warum man sein Herz für einen Typ mit einem solchen B-Geschmack über Jahre zum Tretminenfeld verkommen hat lassen.« »Mir wäre was Teilalphabetisiertes um eine Lichtdekade lieber«, fauchte sie, »das hätte viel mehr Trostpotenzial.«

Im Loslassen war K in etwa so begabt wie Fräulein Adler für das Fertigen von Kreuzstich-Zierkissen. Ich erzählte ihr jetzt von einer Begegnung, die mir auf einem Fest mit der Künstlerin Erika P. vergönnt war. »Bitte, bitte«, hatte ich mich nicht entblödet, sie anzuflehen »singen Sie uns doch ›Es war einmal …‹« Für Ignoranten: Das ist jener Liebesepilog, den Erika P. zu ihren Burg-Glanzzeiten auf Vinyl unter's Volk geschleudert hatte. Und dann stand sie am Klavier, mit ihren bald 65, und sang, aber hallo: »Wie heißt sie Birgit, Dora? … Und sag', wie schreibt sie das Wort damals … Hauptsache, du bist glücklich.« Dann hielt die formidable Frau P. jedoch kurz inne und bemerkte, unterlegt mit feinstem Lächeln: »Diesen letzten Satz, meine sehnsüchtigen Damen, würde ich heute nicht mehr so rausschmettern. Hauptsache, du bist glücklich. Wo samma denn?«

»Siehst du«, fand ich jetzt endlich die Güte der Gnade bei K, »wenigstens eine, die mich ein bisschen versteht.«

## Raus aus der emotionalen Marktwirtschaft

Die Gummibärchen und ich – eine amour fou ohne Hoffnung auf Happy End. Entweder sie sind aus meinem Leben ausgesperrt. Oder ich muss alle essen und zwar in einem Satz.

C sagt, ihr ginge es mit der Liebe so wie mir mit den Gummibärchen. Alles oder nichts. Und in der Alles-Variante sei ihr einfach schon zu oft übel geworden. Ist es gut, denkt man an nichts anderes. Ist es schlecht, denkt man auch an nichts anderes. Und irgendwann wird es immer schlecht oder zumindest nicht so gut wie am Anfang. Irgendwann sagt das Objekt der Begierde dann teilnahmslos am Telefon »Du es geht jetzt gerade ganz schlecht, ich bin nämlich in einem Meeting«, anstelle die Co-Meeter ihrem Schicksal zu überlassen und fiebrige Fragen wie »Was hast du gerade an?« oder »Wo werden wir es heute Abend ausziehen?« zu stellen. Auf alle Fälle ist die Liebe, so oder so, gedankenmäßig ein Ganztagsjob, der wenig Raum lässt für Selbstverwirklichung. Und deswegen hätte sie mit ihren 38 beschlossen, sich aus der emotionalen Marktwirtschaft zurückzuziehen. Lieber ein Leben, das einer Autobahn gleicht, gleichmäßige Geschwindigkeit und vorhersehbar, als diese gesundheitsbeeinträchtigenden, beengenden Berg-Tal-Straßen.

»Das erlaube ich aber nicht«, rufe ich, nachdem vier Gummibärchen in meinem Mund den Sekundentod erlitten hatten. Und dann erzählte ich ihr die Geschichte von dem Mann, der zum Psychiater ging, weil seine Frau fest daran glaubte, in Wahrheit ein Huhn zu sein. Der Psychiater riet dem Mann zur Zwangseinweisung der Frau. Und der antwortete: »Das geht leider nicht, ich brauche nämlich die Eier.« »Was will mir die Künstlerin damit sagen«, fragte sie mich. »Dass die Sache mit den Eiern natürlich absurd, anstrengend und irrwitzig ist. Am Ende des Tages brauchen wir aber diese Eier.« »Noch mehr als Gummibärchen?« »Ich fürchte ja. Aber behalt's für dich, denn auch Gummibärchen haben Gefühle.«

## Urvollepeinlich

Friedlich klirrten die Gabeln zur Bewältigung des Schwertfischcarpaccios, die Konversation der Dinnergesellschaft perlte bleiern. Plötzlich ließ K's Sexualproviant sein Werkzeug fallen und donnerte: »Ich möchte meinen neuen Freunden mitteilen, dass ich wahnsinnig in K verliebt bin. Sie ist eine tolle, starke Frau!

Prost und G'sundheit!« Gleich Savannen-Gazellen stoben wir alle zwecks betretenem Schweigen in unsere Gläser und K, die Bäckchen schamesrot, merkte nur an: »Er ist noch sehr jung und muss noch sehr viel lernen.« Was insofern nicht unkomisch war, als dass K's zukünftiger Ehemaliger bereits im Spätsommer seines Lebens angelangt war.

»Wie konnte mir dieser Vollkoffer diese Peinlichkeit nur antun«, sagte sie mir, als wir am Tresen des »Engländers« den bitteren Nachgeschmack zu ertränken suchten. »Es gibt nun einmal kein Krisengebiet auf der Landkarte der Zwischenmenschlichkeiten«, raffte ich mich zu Pathos auf, »wo Tragik und Komik so nahe beieinander liegen wie in der Liebe.« »Du kleine Klugscheißerin«, stemmte sie jetzt ihr Gin Tonic in die Höhe, »auf all die Peinlichkeiten, die die Herrenwelt für uns in Vorbereitung hat!« »Ich bin schon groß und kann mir schon ganz alleine peinlich sein«, sagte ich, »durch Geflenne bei Pilcher-Romanzen, die noch dazu die Wussows mit drastischer Darstellung bereichern, unheilbare Horoskopsucht und im PMS-Wahnsinn hirsche ich nachts zum Kühlschrank und vernichte gläserweise Essiggurken. Urvollepeinlich, um einen Terminus meiner Tochter zu strapazieren, bin ich mir, wenn ich mich im Einzelhandel stets in Kleider zu zwängen versuche, in denen ich allerhöchstens im embryonalen Zustand eine coole Figur gemacht hätte.«

»Aber«, so vermeldete sie jetzt aus der rauchenden Trümmerlandschaft meines Selbstwertgefühls, »diese zartbittere Selbstreflexion ist bereits ein erster Schritt in Richtung Menschwerdung.« Mit dieser tröstlichen Erkenntnis bewaffnet, umarmten wir die Nacht, bis sie grau wurde.

# Das Schicksal hat ein Burn-out

»Vielleicht«, griff C zur letzten aller Rechtfertigungskrücken für ihr akutes emotionales Waterloo, »hat das Schicksal ihn und mich ja füreinander bestimmt. Das kann doch alles kein Zufall sein.«

»Was aber«, versuche ich sie mit letzter Kraft zur Vernunft zu pfeifen, »wenn das Schicksal zur Zeit ein komplettes Burn-out hat, weil es sich, sagen wir, in diesen Hallodri, den Zufall verliebt hat? Was, wenn das Schicksal gerade in einer Gruppe für Anonyme Hörige verparkt und null entscheidungsfähig ist?« »Gnade, Polly! Ich habe zurzeit echt keine Nerven für deinen Spieltrieb.«

Ich kannte keine Gnade. Woher denn auch? Ich veranstaltete lieber eine Märchenstunde.

»Also«, räusperte ich mich, »das heutige Märchen, liebe Kinder, trägt folgenden Titel: ›Das Schicksal in der Selbsthilfegruppe für Anonyme Liebeskranke‹. Wir stellen uns einen schmucklosen Raum mit einem beigen Spannteppich vor. Lauter verhärmte Menschen mit schmalen Lippen in Trainingskleidung. Allein das Schicksal, weil ja eine Supermacht, trägt einen unglaublich lächerlichen Reifrock. Das Schicksal sitzt also heulend da. Dann sammelt es sich. Es ist sein erster Besuch in der Selbsthilfegruppe und es möchte sich seinen Leidensgenossen vorstellen und auch nahe bringen.«

Ich erhob mich, strich meinen schönen Reifrock glatt und begann mit einem strengen Blick gen C, die sich eben einen Notausgang herbei wünschte, mit meinem Vortrag:

»Mein Name ist Schicksal, Supermacht Schicksal. Ich bin naja-räusper-räusper-auch-schon-Jahre alt und eigentlich an sich eine rundum gefestigte Größe. Also bis jetzt ist meine Biografie eigentlich, im Großen und Ganzen, relativ friktionsfrei ohne eine erwähnenswerte Suchtproblematik abgelaufen … Von diesen schnellen, kleinen Schoko-Schüssen einmal abgesehen. Also ich erzähl' einmal ein bisserl was von mir, damit ihr … schluchz … eine Ahnung von der Dimension meiner Tragödie kriegt's … es dauert wirklich nicht lang. Also in Wahrheit hab' ich das Buch der Liebe längst zugeklappt, weil aus meinem Berufsleben weiß ich ja, in welche wirklich menschenunwürdige Zustände die Liebe Leute so katapultieren kann. Schlecht könnt' einem werden beim bloßen Hinschauen.

Für mich war völlig klar, dass ich mir mit meinen doch schon drei Millionen Jahren diesen ganzen Schwampf eigentlich nicht mehr antun möchte. Mein Seelenfrieden gehört mir, hab' ich mir gedacht, andere Leute sollen Abenteuer haben, ich leg' mir dann einfach einmal einen Dachgarten an. Und möchte mir später einmal den Luxus leisten, die Welt nicht kennen zu lernen. Einfach so.

Also eigentlich war so im Großen und Ganzen bei mir alles roger … Work-Life-balancemäßig … hab' ich mir gedacht. Und dann und dann … dann ist … Folgendes passiert … Und deswegen bin ich auch heute in die Gruppe gekommen. Ich bin echt voll dankbar, dass ihr, liebe Anonyme-Liebeskranke-Selbsthilfe-Kollegen mir alle so aufmerksam zuhört und mir die Chance gebt's, meinen Gefühlen auch Ausdruck zu verleihen. Weil wer hört heutzutage nämlich sonst noch auf das Schicksal? Noch dazu auf ein emotional höriges …

Jetzt, wo's doch die ganzen Karlich-Talkshows, Psycho-Coaches und Glücksforscher wie diesen Joki Kirschner gibt. Haben Sie das von dem Kirschner, das letzte von seinen 178 Büchern: ›Glück ist kein Zufall‹? Der Titel hat mich ganz persönlich ganz besonders getroffen, weil ich hab' ihn dann nämlich kennen gelernt, den Zufall, und dann war nichts mehr wie es war … Aber eins nach dem anderen.

›Selbsthilfegruppe für Anonyme Liebeskranke, ein Gespräch kann Wunder wirken‹ … Als ich das im Internet gelesen hab', hab' ich mir gedacht: Welche intelligente Supermacht braucht bitte so einen Psychoschrott? Das ist ja bitte allerhöchstens was für seelisch komplett Obdachlose. Wenn ich, ganz unter uns, so ehrlich sein darf. Aber jetzt, jetzt bin ich total froh, dass ich heute hier so zwanglos unter euch sein darf … Ihr seid's mir alle auch total symphatisch … echt bewegend kaputte Mitbürger … Danke, danke, noch einmal, dass auch ihr so schlecht beinander seid's. Das hilft einem nämlich total in meiner Situation. Also, noch einmal wie gesagt, in meinem Leben war eigentlich alles im Lot … bis, bis … ja bis ich den Zufall getroffen hab'.

›Oh, ich hab' schon viel von dir gehört‹, hat er g'sagt und dann so g'schaut. Er hat ein Gesicht wie ein ungemachtes Bett, der Zufall.

Ich bin an sich nicht anfällig für solche Hallodri-Typen, aber der Zufall mit seinem Lausbubenlächeln und diesen breiten Schultern … also, ich hab halt meinen Verstand einfach auf ein Sabbatical geschickt. Diese breiten Schultern … auch so eine Powerfrau muss sich ja auch irgendwann anlehnen dürfen. Und dann hat er so schön schauen können, fast wie der Hugh Grant in ›Tatsächlich Liebe‹, der Zufall, und am

Anfang war ja auch wirklich alles super. Wir sind auf so einem Paraglider-Tandem durch die Galaxie gedüst und er hat nur gesagt: ›Mach' die Augen zu, lass dich fallen und vertrau' mir einfach.‹ Dem Zufall vertrauen, so blöd muss man einmal sein.

Irgendwann, ich glaub' es war noch am selben Abend, einem sehr lauschigen Sommerabend, sind wir dann im Vorhof zum Paradies auf ein paar Nektar-Margaritas gesessen … Und dann, und dann … schluchz, hat er mir eine Strähne aus dem Gesicht gestrichen, so richtig zärtlich und hat g'sagt: ›Vielleicht ist es ja ganz einfach Schicksal, dass wir uns endlich einmal treffen.‹

Und ich bin voll drauf reingekippt. Stttt! Wie eine schwachsinnige Dreihundertjährige. Und dann, und dann … obwohl er mir fest versprochen hat, dass wir die Sonnenfinsternis zusammen anschauen werden, hat er sich einfach nicht mehr gemeldet. Einfach so. Dann hat er mir einfach nur ein SMS geschickt, mit den prosaischen Worten: ›Vielleicht sind wir ja doch nicht füreinander bestimmt.‹ … Und das mir, besonders perfid …

Dieses feige Schwein, aber wie schön der hat schauen können. Ich hab' ihm dann ein Mail geschickt, ein Mail zur Entspannung der Lage. Nur keinen Druck machen, hab' ich mir gedacht, das vertragt so ein Typ wie der Zufall nicht: Alles cool, relax, relax, ich hab' Zeit, alle Zeit dieser Welt, lassen wir's einfach laufen und dann schauen wir, was passiert … …Wenn wer nämlich blöffen kann, dann bin das ich … ›Zufallino mio, seit ich dich kennen gelernt habe, bin ich kein Kontroll-Freak mehr‹, hab' ich geschrieben, ›ich kann auch loslassen. Parole ›Let go‹! Ich bin bereit, mich dich dir ohne

Rücksicht auf Verluste auszuliefern – Dein Schicksal-Schatzi.‹

Und dann, und dann, und zwar nicht gleich, und auch nicht nach dreißig Jahren, sondern nach 76 Jahren 7 Monaten und 23 Tagen hat er mir zurück gesmslt: ›Du bist eine wirklich tolle Supermacht, mit dir hab' ich erstmals einen ganz anderen Zugang zum Universum gefunden, du hast mir Verantwortung beigebracht, aber in Wahrheit hab' ich so eine wie dich gar nicht verdient … Du brauchst jemand, auf den du dich wirklich verlassen kannst … Ich bin, glaub' ich, einfach noch nicht reif für so eine fixe Beziehung … Gib' mir noch drei-, vierhundert Jahre, che sará, sará, aber bitte warte nicht auf mich!‹

Das war genau das letzte, was ich von diesem existenziellen Supergau gehört hab'. Ich frage euch: Behandelt man so eine Supermacht? Und jetzt, und jetzt muss ich zuallererst einmal Trauerarbeit leisten, also die möcht' ich mir gönnen. Ich meine, nach allem, was ich mitgemacht hab', muss man mir das auch einfach einmal zugestehen. Und deswegen nehme ich mir jetzt einfach mal eine Auszeit. Und ich weiß, ich kann mit eurem Verständnis rechnen, ihr seid' nämlich eh alle voll Leinwand. Ich bin zur Zeit überhaupt nicht in der Lage, irgendwelche Entscheidungen zu fällen … Weil ich einfach nicht weiß, ob ich je wieder so lieben werd' können, wie ihn, den Zufall … dieses Schwein, das einfach so verflucht schön schauen kann …«

Meine Ausdruckskunst war nicht ganz für die Fische, denn C sagte jetzt nur: »Es kann kein Zufall sein, dass du mir manchmal wahnsinnig auf die Nerven gehst.«

# Reif für die Falschen

Ihre Gesichtszüge waren trunken vor Glück. Mit einem 180-Watt-Lächeln hatte die Frau, die ansonsten als Fond-Zampana sechzig Maxis zu Höchstleistungen trieb, gepiepst: »Ich habe mich vor zwei Tagen verliebt wie noch nie.« Ich freute mich für sie. Denn »dieses private Weltereignis«, so Polgars Definition des Zustands, versetzte einen bekanntlich in Euphorien, die man ansonsten nur durch den Konsum von schädlichem Zeugs zu erlangen imstande ist. Dann zwitscherte K: »Er will ein Kind von mir und wir ziehen in meine Wohnung.« »Geht das nicht alles ein bisschen zu sehr im Schweinsgalopp?« wirkte meine Stimme der Vernunft so stimmungstötend, dass ich eine Woche vom weiteren Verlauf des 48-Stunden-Virus uninformiert blieb.

Zufällig traf ich K ein paar Tage später am Rochusmarkt. Wenn das emotionale Elend ein Gesicht hatte, dann hieß dessen Besitzerin jetzt K. »Alles was mir von ihm geblieben ist«, schluchzte sie, »sind eine Schlafmaske, Zahnseide mit Bananengeschmack. Und Donna Leons fünfter Fall.« Dass Leon-schmökernde Bananenzahn-Schlaf-Neurotiker ohnehin von natürlicher Suspektheit sind, behielt ich für mich. Menschen, denen die Liebe wie ein Traktor über die Seele gefahren ist, tendieren ganz allgemein dazu, ausufernd Interpretationshilfe zu beanspruchen. So auch K.

»Möglicherweise hat dieser Maxi all seine Defizite in dich projiziert und vice-versa«, übte ich mich in meinem liebsten Hobby, der Küchenpsychologie, »den jeweiligen Idealisierungsphantasien hat die Realität dann den schlimmen Mittelfinger gezeigt. Und dann seid's ihr bei Vollgas aus der Kurve geflogen.« Null Trost-Effekt, sondern ein »Vielleicht-war-er–aber-der-richtige!«-Gewinsel. Ich jetzt grausam: »Vielleicht war er nur deswegen 48 Stunden der Richtige, weil sonst keiner da war.«

Plötzlich: Adieu, Düsternis! Sie schnippte mit den Fingern: »Hey, da liegst du wahrscheinlich richtig! Ich glaube, ich bin jetzt erst einmal reif für die Falschen.«

## Glück ohne Rabatt

Wider den Kommandos der Trend-Doyennen ließ E die Schlammfarben ihre neue Herbstgarderobe dominieren. »Igitt«, betrachtete ich das Erworbene, »damit machst du allerhöchstens auf dem Jakobsweg Furore.« »Gut so. Dann passt es eh'. Ich trage nämlich Trauer um mein Leben.« »Wieso das?« »Weil ich mich womöglich nie mehr so wahnsinnig, bis zum Anschlag … also irgendwie so, dass einem alle Sicherungen durchknallen und das Adrenalin einem durch den Körper peitscht, verlieben werde.« »Na hoffentlich nicht«, antwortete ich, »dann wäre das ganze Affentheater nämlich völlig umsonst gewesen.«

E war nämlich eine verheiratete Frau im fünften Jahr. Von ihrer abartigen Zirkushochzeit auf irgendeinem Pampas-Schloss, bei der sogar das Klopapier mit den Initialen des Brautpaars bedruckt war, hatte ich mich bis heute noch nicht ganz erholt.

»Mit dieser Ereignislosigkeit will ich mich nicht arrangieren müssen«, schmollte sie weiter. »Sei' doch froh, dass du aus dem Geschäft bist«, versuchte ich sie zu trösten, »Verliebt sein katapultiert einen in so menschenunwürdige Zustände.«

Glauben Sie mir: Ich weiß, wovon ich spreche. Unlängst habe ich mir bei einem Online-Astroservice ein Partnerschaftshoroskop für den Nougat und mich erstellen lassen, ganz zu schweigen davon, dass ich mir ein getragenes T-Shirt von ihm geklaut habe, um seinen Geruch nicht ganz aus der Nase zu verlieren. Aber bitte, bitte pssttt! Er erliegt nämlich noch dem Irrglauben, dass ich ein tougher Feger bin.

»Ich will es aber nicht missen müssen, das Gefühl«, heulte E jetzt weiter. »Na dann ... verlieb' dich doch noch einmal in deinen Mann!« Jetzt flennte sie erst recht los: »Das sagt sich so leicht. Er hat seit dem Altar 15 Kilo zugenommen, er bekommt Schweißausbrüche bei scharf gewürzten Speisen und hat uns eben in einen Golfklub – plärrschluchz – eingetragen. Ich bin schon jetzt so alt, wie ich niemals werden werde.« Tja, das Glück kennt eben keinen Rabatt.

# Guter Plan, sehr guter Plan

Uns glühten die Köpfe. Wir rüttelten unsere Adressbücher durch. Wir mussten furchtbar viel trinken, um mit all diesem Psychostress überhaupt auch nur irgendwie fertig werden zu können. Denn es galt quasi das Äquivalent zur eierlegenden Wollmilchsau zu finden: Wir mussten einen, am besten eigentlich zwei emotional ausgeglichene, für die bebauten Gebiete geeignete Hetero-Männer aufstellen, um das soziologische Gleichgewicht bei einem Dinner zu gewährleisten. Nach Tagen war D fündig geworden: »Bingo! Parole: G'schnäuzt und g'kampelt, Samstag acht Uhr.«

Als ich eintrudelte, saßen die Herren schon, ihre Gläser wie Rettungsanker umklammernd, am Sofa. Beide hatten tiefe Ringe, stark gerötete Augen und ein gemeinsames Schicksal: Sie hatten eben von den Damen ihres bisherigen Vertrauens den Wanderstab in die Hand gedrückt bekommen.

Der eine, ein Immobilienhai, zischte: »Diese miese, kleine Schlampe ... aber die wird schon noch schön schauen. Knien wird sie, dass ich zurückkomme, aber ich, ich werde hart wie Granit bleiben: Du hättest eine sonnendurchflutete Zimmerflucht haben können, jetzt hast du dich für einen Bastlerhit von Garçonnière entschieden.«

Der andere, ein Psychotherapeut, dessen liebesbiografischer Einschnitt gerade erst einmal 48 Stunden zählte, war auf ein anderes Programm getunt: »Erde an Raumschiff: Alles zum emotionalen Abkoppeln fertig machen! Kein SMS, kein Mail, kein Anruf. Guter Plan, sehr guter Plan ...«

Ein paar Rotweinflaschen später lagen sich die beiden Patienten in den Armen und priesen einander die Vorzüge der abhanden gekommenen Frauen. Ihr Anblick rührte mich und ich erhob das Glas: »Auf die Liebe oder auch so ein Problem, das Marx nicht gelöst hat.« Da begann der Tycoon hemmungslos zu schluchzen und ich wusste, dass sich irgendwann, vielleicht schon in zwei-, dreihundert Jahren, diese Sache zwischen Männern und Frauen irgendwie ausgehen könnte.